Karriereende
Die Spielerfrau 3

Von Claudia Krause

Bibliographische Informationen der Deutschen Nationalbibliothek: Die Deutsche Nationalbibliothek verzeichnet diese Publikation in der deutschen Nationalbibliographie; detaillierte bibliographische Daten sind im Internet unter dnb.dnb.de abrufbar

© 2025 Claudia Krause
Verlag: BoD · Books on Demand GmbH,
In de Tarpen 42, 22848 Norderstedt,
bod@bod.de
Druck: Libri Plureos GmbH,
Friedensallee 273, 22763 Hamburg
ISBN: 978-3-8370-7056-9

Hochzeitstag

Unser Umzug ist ein Jahr her und William startet in sein letztes Profijahr. Wir haben in ein paar Tagen einen Drittklässler, einen Zweitklässler und zwei Kindergartenkinder. Und Viktoria, immer noch zu klein und zu leicht, spielt ihre Geschwister mit ihren 20 Monaten an die Wand. Wir feiern unseren vierten Hochzeitstag beim Italiener und genießen die Zweisamkeit. Ich trage das grüne Etuikleid und als Schmuck die Herzkette. Während wir auf das Essen warten, schweifen meine Gedanken kurz ab. William hat sein Versprechen gehalten und verwöhnt mich häufig mit wildem, animalischen Sex. Unser Zimmer liegt an dem einen Gang Ende, das von Raphaela am Anderen und die Kinderzimmer dazwischen. William lächelt mich an: „Woran denkst du Jess?" Meine Stimme klingt rau: „An das, was danach kommt." „Was immer du willst, geliebte Ehefrau:" „Alles?" „Alles. Wild und animalisch?", flüstert er. Verlegen nicke ich und er lacht auf. „Einverstanden. Morgen ist trainingsfrei." Ich spüre das so vertraute Ziehen im Unterleib und vertiefe mich auf die Nudeln, um den Heißhunger auf meinen Ehemann zu zügeln. Ich sehe ihn an und er grinst unverhohlen zurück. „Nachtisch?", fragt er. „Aber nicht hier", antworte ich. Er bezahlt die Rechnung und zieht mich zum Auto. „Vertraust du mir?", flüstert er mir ins Ohr, bevor er mich stürmisch küsst, „schließ die Augen." Ich sitze mit geschlossenen Augen im Auto und liefere mich ihm wieder einmal völlig aus. Ich habe keine Ahnung, wohin er fährt. Nach einer Weile stoppt er. „Nicht kucken", befiehlt er. Er hilft mir aus dem Auto und legt den Arm um mich. Wir gehen ein paar Schritte, dann hebt er mich hoch. Ich verberge mein Gesicht an seiner Brust und atme seinen Duft ein. Ich höre ein Schloss sperren und als er mich absetzt, darf ich die Augen öffnen. Vor mir befindet sich ein wahres Rosenmeer. „Hier?" „Ja, Liebling, hier. Wir haben hier nie eine Nacht zusammen verbracht. In einem Bett, meine ich. Und es stört uns keiner", grinst er, „Raphaela hat mir geholfen."Er zieht mir das Kleid über den Kopf und ich stehe in Dessous mit halterlosen Strümpfen in meinem alten Wohnzimmer. Er reicht mir ein Glas Champagner. „Auf die Liebe meines Lebens."

-W-

Die Aussicht auf eine ungestörte Nacht mit dieser atemberaubenden Frau lässt meinen Körper sofort reagieren. Ich entledige mich des Hemdes und schüttle den Kopf, als sie nach dem Bund ihrer Strümpfe greift. Es ist so, dass sie verlegen auf neue Praktiken reagiert. Und dass sie nach fünf Jahren immer noch so heiß auf Sex mit mir ist, begeistert mich. Ich stoße mit ihr an und umfasse mit der freien Hand ihre Brust. Sie holt geräuschvoll Luft und genießt die Berührung. Stürmisch küssend, dränge ich sie in Richtung Schlafzimmer, wo ich sie auf das Bett schubse. Sie greift nach meinem Gürtel, doch ich packe ihre Hände und halte sie fest, während ich ihren Körper mit Küssen erkunde. Sie windet sich unter mir und als ich schließlich bei ihrer Brust angekommen bin, beiße ich zuerst sanft und dann kräftiger zu. Sie stößt einen Schrei aus und ich lächle. Ich entferne mich kurz von ihr und greife nach ihrem Slip. Sie hebt ihr Becken nur soviel, dass das Wäscheteil keinen Schaden nimmt. Ich halte sie fest und küsse ihre empfindliche Stelle. Erfreut stelle ich fest, dass sie zum Höhepunkt kommt. Ich dringe tief in sie ein und bearbeite ihre Brüste mit Händen und Zähnen. Kraftvoll stoße ich zu und sie nimmt mich mit auf einen gewaltigen Höhenflug. Doch das ist uns immer noch nicht genug. Sie schlingt die Beine um mich und hält mich so in sich fest. Mein Körper reagiert erneut und ich beginne mich langsam in ihr zu bewegen. Ich greife nach dem Verschluss ihres BHs und befreie ihre vollen Brüste, die perfekt in meine Torwarthände passen. Sanft massiere ich ihre Knospen und bewege mich schneller, sie passt sich meinem Rhythmus an und kurz darauf erlangen wir erneut die Erfüllung. Sie schmiegt sich an mich. „Pause?", lächle ich und sie nickt. Ich hole die Champagnerflasche und fülle die Gläser neu. Sie sieht mich an: „Danke." Sie ist kaum zu hören. „Wofür?" „Für die Idee, hierher zu kommen." „Wir haben das Bett nun entweiht", grinse ich. „Nun ja, jungfräulich war es nicht mehr, aber du hast ja damals auf der Couch geschlafen", neckt sie mich. Ich verschließe ihren Mund mit einem stürmischen Kuss. Sie schickt ihre Hände auf Wanderschaft und umfasst mich hart. Ich stoße ein Keuchen aus und streichle ihre Brüste. Sie setzt sich auf, nimmt mich tief in sich auf und ich überlasse ihr die Führung. Sie bewegt sich und wir erreichen schnell unser Ziel. Sie legt sich auf mich und streicht über meine Wange: „Du stoppelst", stellt sie fest, „verwegen." Nun brauchen wir wirklich eine Pause. Ich schließe die Arme fest um sie und sie zieht die Decke über uns. Ich betrachte sie beim Schlafen und denke daran, als ich, nach ihrer Trennung von Rick, hier an ihrem Bett gesessen war. Ein kleines Häuflein Elend und jetzt? Ich liebe sie jeden Tag mehr.

-J-

Er bewegt sich und ich spüre seine Männlichkeit. Dieses Stehvermögen ist der Wahnsinn. Ich öffne die Augen und sehe in sein schelmisches Grinsen. „Schatz, du bist ja ..." „Unersättlich, ich weiß. Ich kann nicht genug von dir bekommen, Liebling", flüstert er, „Keine Ahnung wieso." Ich grinse: „Bin gleich wieder da." Ich verschwinde im Bad und entdecke seinen Zahnabdruck an meiner linken

Brust. Kopfschüttelnd kehre ich zurück und als ich mich ihm langsam nähere, bemerkt er den Abdruck und sein Blick wird schuldbewusst. „Oh Gott, sorry Liebling:" „Kein Problem. Du musst nur mit der anderen Seite vorliebnehmen, wenn du vorhast, mich zu beißen", lächle ich und er nimmt das Angebot dankend an. Aber er ist vorsichtiger und verwöhnt mich mit der Zunge. Dann wirft er mich auf den Bauch und dringt von hinten in mich ein. Das ist so intensiv, dass ich meine zu zerspringen. Jetzt können wir beide nicht mehr. Ich kichere, als er meine Narbe küsst, bevor er mich herumrollt und mich zärtlich küsst. „Ich liebe dich William", murmle ich atemlos. Ich schlafe erneut ein und im Traum erlebe ich die Höhepunkte der letzten Jahre erneut. Als ich ein Messer aufblitzen sehe, schrecke ich mit einem lauten Schrei auf. „Jess, alles in Ordnung?" Ich sehe in Williams entsetztes Gesicht und brauche einige Sekunden, um mich zu orientieren. Er schließt die Arme fester um mich. „Jess?" „Ein Alptraum, Schatz. Alles gut", ich suche seine Narbe und fahre an ihr entlang. „Willst du darüber reden?" Ich schüttle den Kopf. „Ist Vergangenheit Schatz. Ich habe Hunger." „Hunger? Daran habe ich nicht gedacht, aber Raphaela vielleicht", lächelt er, „Ich sehe nach." „Ich komme mit." Unser Kindermädchen hat Brot, Schinken und Käse im Kühlschrank versteckt. Wir nehmen die Sachen mit ins Schlafzimmer und veranstalten ein Picknick im Bett. Ich fühle mich wie ein Teenager, der seine junge Liebe genießt. Unsere sechs Kinder sind weit weg. Morgen sind sie wieder mein Mittelpunkt, aber jetzt gehört die Zeit nur uns. „Weißt du noch?", fällt diese Nacht öfter. Er legt die Decke über meine Schultern und fängt leise an zu reden: „Als ich dir vor fünf Jahren die Liebeserklärung machte, wusste ich nicht, was auf mich zukommt. Oder auf dich. Ich hatte noch nie so tiefe Gefühle wie jetzt. Es war eigentlich dir gegenüber unfair. Du hättest keine Chance gehabt, es im vollen Stadion abzulehnen." „Doch hätte ich schon, aber mir ist bereits in London klargeworden, dass ich mich verliebt habe. Aber ich hatte Angst-Angst vor einem Leben im goldenen Käfig und Angst davor, nur eine weitere Trophäe des Will Karl zu sein", antworte ich. „Eine Trophäe? Du? Niemals! Und wenn ich nächstes Jahr Privatier bin, werden wir bald in der Versenkung verschwinden." Ich lache auf: „Du kannst doch ohne Fußball gar nicht leben. Wahrscheinlich übernimmst du einen Posten im Verein, als Trainer oder was auch immer. Oder als Reporter."

-W-

Ich schüttle den Kopf. Offensichtlich hat sie sich mehr Gedanken über die Zeit nach meiner Karriere gemacht als ich. „Interessante Aussichten", lächle ich, „ich würde lieber tage- und nächtelang mit dir verbringen. Und den Kindern natürlich. Lust auf eine Zugabe?" Sie wirft die Decke von ihren Schultern und ich räume die Teller auf den Nachttisch. Sie schmiegt sich an mich und ich küsse sie zärtlich. Dieses Mal ist unser Sex romantisch und sanft. Als ich in sie eindringe, zuckt sie kurz zusammen. „Alles ok.", frage ich, „oder soll ich aufhören?" Sie schüttelt den Kopf. „Nein, alles gut." Doch nach dem Akt gesteht sie mir: „Ich kann nicht mehr, mir tut alles weh." Ich wiege sie in den Schlaf und kurz darauf bin auch ich eingeschlafen. Wir schlafen tief und fest und als ich wach werde, ist es 10:00 Uhr. Ich küsse Jess sanft und sie öffnet die Augen. „Liebling, Zeit zum Aufstehen", flüstere ich. Sie schüttelt den Kopf: „Noch ein paar Minuten- Bitte." Sie küsst mich und legt die Hand auf meinen Oberkörper. „Jess? Gut, einverstanden. Bin gleich wieder da." Ich verschwinde im Bad und greife nach meinem Handy: „Hallo Raphaela, alles in Ordnung? Gut, wir brauchen noch ein paar Minuten - treffen wir uns um 13:00 Uhr beim Griechen? Danke dir, bis dann." Ich lasse ein Badewasser ein und koche Kaffee. Kaffeeduft lockt meine Frau immer aus dem Bett und auch dieses Mal steht sie kurz darauf in der Küche. „Dein Bad ist fertig", lächle ich „und dein Kaffee auch." Sie nimmt mir die Tasse aus der Hand und lächelt mich an: „Danke, kommst du mit?" Ich folge ihr ins Bad und setze mich auf den Wannenrand. „Geht es dir gut. Liebling?", ich mustere sie aufmerksam. Sie nickt: „Das war intensiv, Schatz. Aber wunderschön. Dein Stehvermögen ist der helle Wahnsinn." Ich lächle: „Nur in deiner Gegenwart, Jess."Sie lässt sich tiefer in die Wanne gleiten und entspannt sich. Ich beginne zu grinsen: „Unsere Bande erwartet uns um 13:00 Uhr beim Griechen. Du hast also Zeit." „Schatz?", höre ich sie, als ich auf dem Weg unter die Dusche bin. „Mmh?", ich weiß genau, was kommt, „die Wanne ist zu eng. Das macht keinen Spaß." Sie sieht kurz enttäuscht aus. Ich trete näher und küsse sie zärtlich. „Das machen wir zuhause." Ich trete unter die Dusche und merke, wie meine Muskeln sich entspannen. Die Nacht fordert ihren Tribut. „Wohl nicht mehr der Jüngste, Will", denke ich. Ich drehe mich zu meiner Frau um und sehe sie grinsen: „Schmerzen?" „Etwas", muss ich zugeben. „Willkommen im Club", lächelt sie. „Schlimm?", frage ich nach. Sie schüttelt den Kopf und steigt aus der Wanne. Den Abdruck auf ihrer linken Brust kann man immer noch sehen. Ich nehme diese sanft in die Hand und hauche einen Kuss darauf: „Sorry, noch mal." „Kein Problem, hat Knopf auch schon öfters gemacht. Gut, nicht so kraftvoll, aber das war auch etwas anderes", beschwichtigt sie mich. Ich hülle sie in das Handtuch und schnappe mir das Zweite. Raphaela hat die Tasche gepackt, die Jess nun öffnet. Sie stößt ein Lachen aus, als sie das Kleid, das sie bei unserem ersten Abendessen hier getragen hat, herauszieht. „Ob ich da noch reinpasse?" Ich runzle die Stirn. „Versuch es einfach, du hast doch seit- dem nicht zugenommen." „Aber drei Kinder zur Welt gebracht", murmelt sie. Sie schlüpft in ihre heißen Dessous und zieht sich das Kleid über den Kopf. Ich unterdrücke ein Kichern, als ich ihr verzweifeltes Gesicht sehe. Sie hat ihre, immer schon atemberaubende Figur behalten und an den, für mich richtigen Stellen zugelegt. Ihre Brüste sind voller geworden und so spannt das Kleid an dieser Stelle. Sie sieht in den Spiegel. „So gehe ich nirgendwo hin", stöhnt sie auf und wirft das Kleidungsstück von sich. Ich reiche ihr das grüne Kleid. „So gerne, wie ich dich in Unterwäsche sehe, ist der Zeitpunkt jetzt etwas unpassend. Zieh das an, wir kaufen dir auf dem Weg ein Neues." Kurz darauf stehen wir in einer kleinen Boutique und meine Frau sucht nach einem Kleid. Sie kommt mit einem Maxikleid aus der Kabine. „Hübsch, aber man sieht nichts von deiner atemberaubenden Figur. Ist was für den Weg zu Kindergarten und Schule", lächle ich. „Schade, ich finde es hübsch." „Gut, gekauft, aber ..." Sie grinst und schlüpft in ein Minikleid, das oben locker sitzt und einen engen Rock hat. Nun nicke ich und kaufe beide Kleider. Jess küsst mich stürmisch und wir schlendern Arm in Arm zum Griechen, wo Raphaela mit unseren Kindern bereits im Außenbereich wartet. „Mama, Papa", schallt es uns entgegen und ich nehme dem Kindermädchen meine jüngste Tochter ab.

Untersuchung

-J-

„Alles gut gegangen?", frage ich Raphaela, die nickt. „Neu?", kommt lächelnd von ihr, „hat das Andere nicht gefallen?" „Nicht mehr gepasst", presse ich hervor, „als es aktuell war, hatte ich noch keine Kinder." Das Mittagessen ist turbulent wie immer, wobei sich unsere Kinderschar durchaus zu benehmen weiß. Vroni ist mit ihren elf Jahren am Beginn der Pubertät und hat häufig schlechte Laune, die Zwillinge haben ihre Trotzphase gerade hinter sich und Knopf hat ihre „Kann- Selbst"- Phase. Nur die Jungs sind wie immer. Leon lebhaft, außer wenn Lucy in seiner Nähe ist und Alex oft nachdenklich. Florian ist immer noch der Aktive, der nur schwer sitzen bleiben kann und Sophie die „Labertasche". Aber essen lieben sie alle und so freut sich der griechische Wirt, immer uns zu sehen. Ich verspüre richtigen Hunger und genieße meine Fischplatte, während der Rest sich das Gyros schmecken lässt. Ein paar Tage später startet die Schule und es wird ruhig im Haus. Mir fehlt der Lärmpegel bereits am ersten Tag und ich bin froh, als sie nacheinander eintrudeln. Leon hat dann auch gleich eine Überraschung. „Wir haben eine ganz junge Lehrerin, die ist noch gar keine richtige Lehrerin und Frau Weiß." „Na toll, das kann ja heiter werden, eine Referendarin und Chris", denke ich und rüge mich sofort selbst. Jessica, du Snob, erinnere dich an deine ersten Schritte als Lehrerin. Ich lächle meinen Sohn an. „Wow, das ist spannend. Aber ich bin mir sicher, die Lehrerin ist toll." William sieht mich stirnrunzelnd an, aber ich schüttle den Kopf. Damit scheint er sich zufriedenzugeben. Vroni kommt mit einer langen Liste an Schulmaterialien. Ich sammle die Zettel der Jungs ein und fahre nach dem Essen zum Einkaufen. Ich gebe die Listen ab und sehe zu, wie die Verkäuferin die Lehrerwünsche abarbeitet. Schwer bepackt kehre ich nach Hause zurück und die drei Großen helfen beim Beschriften der Hefte und Bücher. Das dauert knapp eine Stunde und als wir fertig sind, ist der Familienvater wieder zurück und Raphaela bringt ein Eis. Ich nehme Knopf auf den Schoß und sie verschlingt ihr Eis regelrecht. So viel, wie in den kleinen Körper hineinpasst, sollte sie eigentlich zunehmen. Aber weder ihr Gewicht noch ihre Größe haben sich in letzter Zeit verändert. Wir haben nun einen Termin in der Kinderklinik vereinbart, da Max sichergehen will, dass unser Knopf wirklich gesund ist. Ich bin richtig nervös, als wir in die Klinik fahren und unsere Kleine ist natürlich nicht begeistert und lässt die Untersuchungen nur unter Protest über sich ergehen.

-W-

Jess ist blass geworden und auch ich würde am liebsten mit meiner kleinen Tochter aus der Klinik laufen. Aber es muss sein. Ein weiteres „NEIN" der Kleinen lässt mich zusammenfahren. „Hören sie auf-bitte", rufe ich aus und greife nach meiner Tochter. „Alles gut, Knopf, es ist gleich vorbei", höre ich meine Frau und halte inne. Die Ärztin lächelt und reicht mir das Mädchen. „Ich bin schon fertig. Sag, mal Viktoria, magst du

Gummibärchen?" Knopf sieht mich an und nickt dann. Während sie mit den Süßigkeiten beschäftigt ist, klärt uns die Ärztin auf. „Ich kann nichts Auffälliges finden. Sie ist vollständig gesund. Und für ihre 21 Monate ist sie erstaunlich weit und sie hat ihren eigenen Kopf." „Nun ja, als Jüngste von sechs Geschwistern muss sie sich durchsetzen", lächle ich nun. „Und der Verdacht auf Kleinwüchsigkeit?", flüstert Jess. Ich greife nach ihrer Hand. „Dafür gibt es keinerlei Anzeichen. Sie ist etwas kleiner als der Durchschnitt, aber das ist nicht gravierend. Es sind nur 5 cm. Und das Gewicht passt auch zu ihrer Größe", erklärt die Ärztin. Jess atmet tief aus. „Unsere Zwillinge waren nur knapp 10 cm größer", meine ich, „und unser Knopf hinkt etwas hinterher." „Knopf ist süß", lächelt die Ärztin, „Vielleicht braucht sie nur etwas mehr Zeit." „Danke", strahlt Jess, „sie wird schon wachsen. Wie lange es dauert, ist egal." „Bin schon groß", moniert Viktoria. „Klar doch Knopf", lächle ich. Gut gelaunt verlassen wir die Klinik und kehren nach Hause zurück, wo wir bereits erwartet werden. Raphaela sieht uns fragend an. „Alles in Ordnung. Sie wird wachsen. Irgendwann", setze ich sie in Kenntnis. Knopf rennt zu ihren Geschwistern, dabei löst sich ihre dunkle, lockige Mähne, die ihr ihre Mutter vererbt hat, aus dem Zopf. Ich sehe meine Frau an und lächle. Wir beschließen, unseren Knopf nun öfter zu messen. Das Telefon klingelt- ihre Eltern- und ich reiche den Hörer an sie weiter.

Elternsprechtag

-J-

„Hi Mum - nein, sie haben nichts gefunden- sie ist am unteren Rand, sowohl bei der Größe, als auch beim Gewicht- ist alles gut- unser Knopf ist topfit- ihr seid herzlich willkommen- hab dich lieb." Ich lächle, als ich zu meinem Mann zurückkehre: „Sie werden uns bald besuchen kommen, sie wollten nur wissen, ob mit Knopf alles in Ordnung ist." Er nickt und greift nun seinerseits zum Telefon, um seine Eltern zu informieren. Auch die sind begeistert. William ist wie elektrisiert und zeigt am Tag darauf eine Topleistung.

Die Nacht ist leidenschaftlich und am Sonntag machen wir einen Familienausflug ins Legoland. Die Kinder sind nun groß genug, so dass ich nicht mehr jedes Fahrgeschäft fahren muss. Die gesamte Familie hat eine Menge Spaß und die Kinder sind begeistert, ihren Vater einen ganzen Tag für sich zu haben. Nachdem das Karriereende feststeht, ist William entspannter. Am Montag ist Elternsprechtag für Leon und Alex. Ich schlüpfe am späten Nachmittag in mein neues Maxikleid und mache mich auf den Weg zur Schule. Zuerst spreche ich mit Alex Lehrerin, da das sicher schneller geht. Er hat keinerlei Probleme in der 2. Klasse und die Lehrerin kennt ihn vom letzten Schuljahr. Bei Leon sieht es anders aus. Die Kollegin lässt durchblicken, dass Leon zu unruhig ist und vielleicht mehr kann, als er zeigt. „Und das, nachdem sie überall eine Probe geschrieben haben? Gibt es seit neuem bessere Noten als eine eins? Bin wohl zu lange raus. Oder kommt das von dir, Christiane?" Meine ehemalige, beste Freundin sieht mich herausfordernd an: „Du wirst doch nicht leugnen, dass er hyperaktiv ist, Jessica." „Sag mal, geht es noch? Leon hyperaktiv? Er ist ein ganz normales Kind. Ich weiß, dass du ein Problem mit mir und meinem Lebensstil hast, aber lass das nicht an meinem Sohn aus", meine Stimme wird drohend. „Wer glaubst du, wer du bist?", fragt sie. „Jessica Julia Karl, seine Mutter", antworte ich, „was willst du eigentlich?" Ich wusste doch gleich, dass es Probleme geben wird. „Behandle ihn einfach wie alle anderen, dann gibt es keine Schwierigkeiten. Sollte ich etwas Gegenteiliges feststellen, lernst du mich von einer Seite kennen, die du noch nicht kennst." Ich drehe mich zur Tür und höre noch: „Seine Stiefmutter! Nur weil dein Mann ein Star und Multimillionär ist, musst du hier nicht den Chef spielen." Obwohl die Tür bereits offen ist, drehe ich mich noch einmal um: „Lass William aus dem Spiel- FRAU DES REKTORS- ich war lange genug selbst Lehrerin um die Leistung von Kindern beurteilen zu können, auch wenn es sich nicht um eines meiner handelt. Was habe ich dir getan? Ich habe mich vor fünf Jahren einfach verliebt."

Ich verlasse das Klassenzimmer. Shit! Ich lehne mich an die Wand. „Jessica? Bist du in Ordnung?", höre ich. Rick! Auch das noch. „Komm!", er zieht mich in sein Büro, „Chris?" Es ist nur ein Wort, aber es genügt, um meine, mühsam aufrecht erhaltene Fassade einstürzen zu lassen. „Sie sagt, mein Sohn wäre hyperaktiv und würde ...", flüstere ich, die Tränen krampfhaft zurückhaltend, „und ich war nicht sehr professionell." „Leon hyperaktiv? Wie kommt sie denn auf so etwas? Ich rede mit ihr", Rick sieht mich ungläubig an. „Nein, bitte nicht. Kann ich noch ein paar Minuten hierbleiben?" „Klar, Kaffee?" Ich nicke und er lässt mich allein. Kurz darauf drückt er mir die Tasse in die Hand: „Nicht so gut wie deiner, aber trinkbar." „Danke, ich ...", als es klopft, verstumme ich. Er ruft den Besucher herein. Die Tür öffnet sich und mein Mann steht im Türrahmen, den er nahezu ausfüllt. „Wie? Was machst du denn hier?", murmle ich. „Danke für den Anruf Rick", sein Kiefernmuskel zuckt, als er näherkommt. „Jess?" Ich schlucke die Tränen hinunter. Rick greift zum Telefon: „In mein Büro- BEIDE- SOFORT!" „Rick, bitte nicht." „Doch Liebling, das wird geklärt- JETZT", William ist unerbittlich. Die zwei Frauen betreten das Büro und Chris befindet sich immer noch im Angriffsmodus. „War ja klar, dass sie sich sofort beschwert." „Es reicht! Hier werden alle Kinder und Eltern gleich und respektvoll behandelt, Christiane. Wenn du das nicht kannst, ziehe ich dich von der Klasse ab." Rick ist richtig wütend, so habe ich ihn nur bei unserer Trennung erlebt. William steht hinter mir, beide Hände auf meinen Schultern. „Und für sie gilt das Gleiche. Es werden keine Kinder vorverurteilt. Leon nach drei Wochen als hyperaktiv zu bezeichnen. Nicht sehr professionell" , legt Rick nach. Wow, er hat sich wirklich verändert. „Wenn ich mitbekomme, dass unser Sohn ungerecht behandelt wird, wird es Konsequenzen haben", schaltet sich nun auch William ein. „Es tut mir leid, JJ", Rick wendet sich erneut mir zu und ich nicke. Als die junge Lehrerin das Büro verlässt, stößt Chris hervor: „Ach, seit wann seid ihr zwei denn wieder so dicke? Du stellst dich auf ihre

Seite?" „Gut erfasst. Das hat aber nichts mit Jessica zu tun. Es wirft kein gutes Licht auf die Schule, wenn Kinder ungleich behandelt werden", Ricks Stimme ist eiskalt. William legt den Arm um mich und wir verlassen das Büro. „Verzeihung Herr Karl", Rick hält Will die Hand hin. „William, bitte, ich vertraue ihnen Rick. Enttäuschen sie mich nicht."

-W-

Ich ziehe meine Frau zum Auto. Sie lässt sich auf den Sitz fallen und ich merke, dass sie mühsam versucht, die Tränen zurückzuhalten. „Bist du ok? Liebling?" Sie schüttelt den Kopf: „Sie hasst mich immer noch. Und jetzt, da sich Rick auf unsere Seite gestellt hat, wird es nicht einfacher werden." Ich drehe mich zu ihr: „Liebes, vergiss sie einfach." „Ich ärgere mich mehr über mich selbst. Ich wollte eigentlich ruhig bleiben, aber ihre absurden Behauptungen ..." „Sieh mich an, Liebling. Du hast nichts falsch gemacht. Jede Mutter kämpft um ihre Kinder." Sie nickt und wischt sich die Tränen aus dem Gesicht. Als Rick mich anrief, bin ich ziemlich erschrocken. Er hat mir kurz das Problem umrissen und der Schreck wich der blanken Wut. Vor allem als ich meine, sonst so toughe Frau gesehen habe. Wortlos bringe ich uns nach Hause, wo sie nach den Kindern sieht, während ich eine Flasche Wein öffne. Ich warte auf der Terrasse und zünde mir eine Zigarette an. Langsam verraucht der Ärger. Als sie zu mir tritt habe ich mich beruhigt und sie nimmt mir lächelnd das Glas aus der Hand. „Was?" „Ich habe mir nur gerade vorgestellt, was bei Rick zuhause abläuft", so gehässig kenne ich sie nicht. „Liebling, das geht uns nichts an", murmle ich, „mit den Kids alles gut?" „Mmh." Gut, dass Leon von dem Gespräch nichts mitbekommen wird. Am Morgen starten die Jungs begeistert in die Schule, es ist Sportfest und für unsere sportbegeisterten zwei ein mega Event. Da die erste Trainingseinheit erst am Mittag beginnt, beschließen Jess und ich, zuzusehen. Jess packt unser Nesthäkchen ein und wir machen uns auf den Weg zum Sportplatz des Gymnasiums, wo das Sportfest stattfindet. Als wir ankommen, ist Alex Klasse gerade beim Weitsprung und Leon beim Fußballturnier. Wir teilen uns auf, Jess zur Leichtathletik und ich zum Fußball. Ich halte mich im Hintergrund, um meinen Sohn nicht unter Druck zu setzen. Doch der ist so fokussiert, dass er mich nicht bemerkt. Und er schießt das entscheidende Tor. Kurz darauf wechseln die Kinder die Stationen und Knopf entdeckt ihren Bruder. Ein piepsiges „Leon" schallt durch das Rund, dieser lächelt und winkt seiner kleinen Schwester zu. Nun entdeckt mich auch Alex und er winkt mir ebenfalls. Vorbei ist das Versteckspiel - danke Knopf. Doch unsere zwei vergessen schnell, dass ihre Eltern unter den Zuschauern stehen. Weder Jess noch ich sind bei sportlichen Aktivitäten der Kinder verbissen, so dass man uns nicht wahrnimmt. Gegen 12:00 Uhr ist das Sportfest zu Ende und wir nehmen die Jungs in den Arm. Leon schnappt sich seine kleine Schwester und sie spielen in der Sandgrube. Ich muss ins Training und lasse die vier allein. Sie wollen die zwanzig Minuten auf Vroni warten und dann gemeinsam nach Hause gehen. Ich lächle meine Familie an und verlasse das Gelände.

Frieden?

-J-

Ich unterhalte mich mit einer Mutter aus Leons Klasse, die ebenfalls Probleme mit Chris hat. Ihre Tochter ist angeblich sozial unverträglich. Sie spielt mit den Jungs und Knopf ruhig in der Sandgrube- von wegen sozial unverträglich. Plötzlich kommt die junge Lehrerin auf uns zu. Mein Blick verdunkelt sich sofort. „Frau Karl, ich möchte mich bei ihnen entschuldigen." „Verhalten sie sich einfach professionell und behandeln sie unsere Kinder vorurteilsfrei." Ich wende mich wieder der Mutter zu. Als Vroni erscheint, verlassen die drei Karl-Sprösslinge die Sandgrube und wir schlendern nach Hause, wo Florian, Sophie und Raphaela bereits auf uns warten. Ich schiebe die vorbereitete Pizza in den Ofen und entlasse unser Kindermädchen in ihren freien Nachmittag. Zwanzig Minuten später sitzen wir am Esstisch und es wird kurz ruhig, bevor die Kinder durch den Garten toben. Ich räume die Geschirrspülmaschine ein, Vroni macht sich an die Hausaufgaben und Knopf rollt sich mit Lucy auf der Liege zusammen. Ich decke sie zu und beide schlafen sofort ein. Wenn Leon keine Zeit hat, sind Knopf und die kleine Katze die besten Freunde. Ich helfe Vroni gerade bei den Vokabeln, als es läutet. Vor der Tür steht Rick und sieht mich müde an. „Sorry, JJ, ich habe eine Frage", er klingt auch so. „Komm rein, die Kids sind allein im Garten", lächle ich, „Kaffee?" Er nickt und ich biege in die Küche ab. Was will er hier? Mit zwei Tassen trete ich zu ihm auf die Terrasse, wo er unsere Kinderschar betrachtet. „Wow, Jessica, das ist ja eine ziemliche Menge. Aber du wolltest ja schon immer eine große Familie." „Ja schon, aber vielleicht nicht so schnell", antworte ich, „du wolltest mit mir reden? Was kann ich für dich tun?" Er holt tief Luft: „Hast du die Wohnung noch?" Auf meinem Gesicht erscheint ein verklärtes Lächeln. „Sorry, ja, die gibt es noch. Brauchst du einen Unterschlupf?" Er sieht mich erstaunt an: „Ja, es ist erstaunlich, wie gut du mich noch lesen kannst. Bei Chris und mir ist die Hölle los, weil ich gestern zu dir geholfen habe. Und ich bin der Böse. Ich war von Anfang an dagegen, dass sie mit mir an die Schule wechselt. Aber sie wollte unbedingt mitkommen. Unsere Pläne- alles plötzlich nichts mehr wert. Ihr Kinderwunsch, Hausbau alles weg. Da ist nur noch der Hass auf dich." „Naja, du bist ja auch kein Freund von meinem Mann und mir", schiebe ich nach. „JJ, es tut mir leid, wie ich mich dir gegenüber verhalten habe. Du bist offensichtlich glücklich mit deinem Leben. So etwas hätte ich dir nie bieten können." „Was? Rick- es tut mir leid, dass ich dir das Gefühl gegeben habe, dass mir das Leben mit dir nicht genügt hat." „Quatsch, JJ so oberflächlich bist du nicht. Du hast dich verliebt- dein gutes Recht. Aber für mein übergrosses Ego war das unverständlich", lächelt er nun. Ich halte ihm die Hand hin: „Frieden?" „Gerne. Was ist jetzt mit der Wohnung? Gewährst du mir Unterschlupf?" Bevor ich antworten kann, höre ich die Haustüre und William steht vor uns. Sein Gesichtsausdruck ist undurchdringlich. Schnell zieht er mich in seine Arme. „Was will der hier?", zischt er. Ich winde mich aus seiner Umklammerung. „Sorry, Jessica, war eine blöde Idee", Rick wendet sich zum Gehen. „Rick warte", mit einem schnellen Blick in Richtung meines Mannes, drücke ich ihm die Schlüssel in die Hand, „übergangsweise." „Du bist ein Schatz", grinst er und weg ist er. Ich kehre zu Will zurück, der, immer noch mit versteinertem Gesichtsausdruck, sich eine Zigarette anzündet. „Was war das denn, William?", frage ich ihn. Er sieht mich an und presst hervor: „Seit wann seid ihr zwei denn wieder so dicke?" Ich unterdrücke ein Grinsen: „Eifersüchtig, Schatz? Ich gewähre ihm nur Unterschlupf in der Wohnung, da Chris ihn vor die Tür gesetzt hat." „Du lässt ihn in die Wohnung?", ich kann seine Stimmung immer noch nicht einschätzen. Ich ziehe ihn in Richtung Pavillon, da die Kinder das Spielen unterbrechen und die Diskussion zwischen uns verfolgen. „William? Schatz?" „Du lässt ihn in das Bett ...?", jetzt klingt er verzweifelt.

„In dem er bis vor 5 1/2 Jahren jede Nacht verbracht hat", mein Versuch, ihm die Absurdität seiner Eifersucht vor Augen zu führen, schlägt völlig fehl. „Merkst du eigentlich, wie lächerlich das ist?" Er steckt sich eine zweite Zigarette an, während ich langsam auf ihn zutrete und ihm die Hand auf die Brust lege. „Schatz, ich liebe dich und nur dich, ich fühlte mich etwas schuldig, ja. Wenn du es willst, rufe ich ihn an und sage ihm, dass er wieder ausziehen muss. Bitte rede mit mir." Er schüttelt den Kopf und ich muss mich von ihm wegdrehen, damit er meine Verzweiflung nicht sieht. „Dad, hör auf!"

-W-

Vroni steht plötzlich vor uns. „Mama, bist du ok?" Ich löse mich aus der Erstarrung. Meine Frau steht mit dem Rücken zu mir und atmet stoßweise. „Alles gut, Maus. Lässt du deinen Vater und mich bitte allein", ihre leise, nervöse Stimme lässt mein Gewissen aufstöhnen. Vroni sieht mich an und kehrt zu ihren Geschwistern zurück. Ich atme tief ein: „Es tut mir leid, Liebling. Natürlich kann er in der

Wohnung bleiben, wenn du das willst. Du hast Recht, ich bin eifersüchtig. Ich dachte, du lässt dich wieder einwickeln." Sie dreht sich um. „Ich weiß nicht, ob ich mich geschmeichelt fühlen sollte oder ob ich sauer bin. Im Moment bin ich eher wütend. Du hast damals von Vertrauen gesprochen. Aber du vertraust mir nicht. Du misst mit zweierlei Maß", ihre Stimme wird fester. „Ja, ich weiß. Ich bin etwas gestresst, was aber mein Verhalten nicht rechtfertigt. Ich kenne das Gefühl nicht. Du bist nicht mein Eigentum, aber ich liebe dich und irgendetwas hat mir an der Situation nicht gefallen. Ich ..." Sie kommt näher: „Ach Schatz, was soll ich denn tun, dass du dich besser fühlst? Ich finde es gut, dass sich das Verhältnis zwischen mir und Rick normalisiert. Aber wenn du damit ein Problem hast- goldener Käfig ich komme." Der letzte Satz war kaum zu verstehen, aber er trifft mich, wie ein Blitz. Wer bin ich, dass ich sie einsperre? Anstatt stolz darauf zu sein, dass sie so ein großes Herz hat. Ich greife nach einer weiteren Zigarette, doch überlege es mir anders. „Der goldene

Käfig? Wirklich, Liebling?" In ihren Augen stehen Tränen und als sie zu reden beginnt, ist sie kaum zu verstehen. „Wie würdest du es sonst nennen? Du machst mir eine Szene, weil ich meinem Exfreund aus der Patsche helfe. Rick ist Vergangenheit. Ich liebe DICH. Aber die Wohnung steht doch leer." Sie streckt die Hand aus und ich reiche ihr meine. Ich fühle den Ring aus Venedig, den sie seit dem Überfall nicht mehr abgenommen hat. Sie zieht mich zaghaft zu ihr und lehnt sich dann an mich. Ich atme ihren Duft ein und murmle in ihr Haar: „Liebling, es tut mir leid. Du weißt, wie sehr ich dich liebe." „William, was ist denn los, das kann doch nicht nur an Rick liegen. Was ist im Training passiert?" „Verdammt, Liebling, du kennst mich viel zu gut." Ich löse mich von ihr und öffne meine Trainingsjacke. Langsam ziehe ich sie aus und beobachte meine Frau, die sich mühsam das Lachen verkneift, als sie mein Shirt sieht. „Goodbye Will- der Countdown läuft" „Ach Schatz, das ganze Drama deswegen?", prustet sie schließlich doch. „Jein. Martin wollte mich ärgern und hat gemeint, ich müsste aufpassen, dass du dir nicht was Junges suchst. Und dann sehe ich dich mit Rick." „Der ja so viel jünger ist als du." Gut, dass ich zur Belustigung meiner Frau beitrage, „William, du Kindskopf – ich liebe dich. Und ich glaube nicht, dass mich ein anderer Mann jemals so glücklich machen kann. Auch in deinem biblischen Alter - hast du es denn überhaupt noch drauf?" Nun kann auch ich lachen: „Ich weiß nicht, willst du es ausprobieren?" „Heute Abend, Schatz. Aber für den Stress erwarte ich einiges", flüstert sie und ich nicke. Hand in Hand kehren wir zu unseren Kindern zurück, die uns erwartungsvoll ansehen. „Alles wieder gut, es war nur eine Art Blues", lächle ich. Vroni, die schon genug Englisch kann, übersetzt das Shirt für ihre Geschwister. „Jetzt werde ich alt", stöhne ich gespielt auf. „Armer Papa", Sophie schmiegt sich an mich. Inzwischen ist auch Knopf wieder wach und sieht Jess an. „Aua macht?", fragt sie. „Ein bisschen ist nicht schlimm", antwortet Jess und nimmt die Kleine auf den Arm. „Wer hat Lust auf

Kuchen?", fragt sie und die Bande jubelt. Ich hole den Kuchen und den Kaffee, während Jess den Kakao zubereitet. Die Jungs decken den Tisch, Vroni setzt ihre kleine Schwester in den Kindersitz und ich ziehe meine geliebte Frau auf den Schoß. Sie kichert und küsst mich stürmisch.

Pubertät

-J-

Ein Kichern der Kinder holt mich zurück in die Wirklichkeit. „Knopf muss Kuchen haben-JETZT", klingt es energisch. Ich löse mich von meinem Mann: „Sorry, Schatz, aber du hast es gehört, Knopf muss Kuchen haben." Bevor die Kleine verhungert, verteile ich das Backwerk. Der Blues des Vaters, der beinahe zum Streit geführt hat, ist bald Geschichte. William übernimmt das Abfragen der Vokabeln und unsere Große genießt die Zeit mit ihrem Vater. Als ich sie laut lachen höre, atme ich tief ein- endlich kommt das Kind wieder zum Vorschein. Sie ist meistens schlecht gelaunt oder nachdenklich und das Verhältnis zu mir ist etwas angespannt. Sie lässt sich ungern von mir bei den Hausaufgaben helfen und ist oft einsilbig. Es wird Zeit für einen Mutter- Tochter - Tag. Als ich ihr einen Shopping - Tag vorschlage, reagiert Vroni unerwartet. „Und dann? Schiebst du mich ab, oder was?" Ich erstarre. Was meint sie? Erneut muss der Pavillon herhalten- was für ein Tag. „Veronika, was hast du damit gemeint?" Ihre Stimme ist leise: „Ich werde jetzt bald zwölf und dann muss ich mich mit ihr treffen. Das hast DU bei Leons Einschulung gesagt." „Bitte?" , ich wusste nicht, dass sie davon etwas mitbekommen hat und wäge die nächsten Worte genau ab: „Dass du das musst, habe ich nie gesagt- ich wollte- nein, ich will, dass du das machst, was du willst. Ja, du wirst zwölf und damit alt genug, um eine Entscheidung zu treffen. Wie auch immer du dich entscheidest, ich werde dich unterstützen, denn ich habe dich lieb." „Auch wenn ich so bin?", fragt sie schüchtern. „Ja, auch dann. Du wirst langsam erwachsen, da müssen alle Mädchen durch. Und ich hatte in letzter Zeit wenig Zeit für dich. Manchmal vergesse ich, dass du auch noch ein Kind bist- meine große, phantastische Tochter", lächle ich. „Wann gehen wir shoppen? Nur wir zwei?" „Wann immer du willst, Maus."Sie wirft sich in meine Arme und ich halte sie fest. Am übernächsten Samstag geht es loseinzige Bedingung ist, dass wir nur Sachen für uns kaufen, die anderen bekommen nichts ab. Der erste Weg führt uns in ein Bekleidungsgeschäft, wo ich manchmal tief durchatmen muss, um die Kinderwünsche zu erfüllen. Gut, dass sie erst zwölf wird, aber sie ist definitiv kein Kind mehr. Und so wandern coole Shirts, ein Jumpsuit, drei destroyed Jeans und eine Skinny in die Tasche. Im nächsten Laden gibt es Hoodies und Sneakers. Und den Abschluss macht der Schuhladen. „Papa wird staunen", lächle ich. „Mama, können wir zum Friseur gehen", fragt sie, als ich die Schuhe bezahle. „Gute Idee, ich brauche etwas Farbe." Als wir in den Friseurstühlen sitzen, kommt dann ein Wunsch, der mich erstaunt. Sie will sich von ihrer, fast hüftlangen Mähne trennen und einen schulterlangen Stufenschnitt und eine blaue Strähne. „Hast du dir das gut überlegt? Weg ist weg", frage ich nach. Sie nickt und die Friseurin setzt die Schere an. Während meine grauen Haare verschwinden, verschwindet neben mir das kleine Mädchen, das ich vor fünf Jahren liebgewonnen habe. Die blaue Strähne wird durch einen Clip getürkt. Bevor wir nach Hause fahren, schlüpft Vroni in die neuen Jeans, Shirt und Hoodie samt passenden Sneakers. „Bereit?", grinse ich, „Papa ist auch schon da."Sie nickt und wir betreten das Haus, wo uns Alex entgegenkommt. „Wow, cool Vroni", ruft er aus und lockt so den Rest der Familie an. William erscheint mit Knopf als Letzter und ich höre ihn aufstöhnen.

-W-

„Wo ist meine kleine Tochter?" Vroni strahlt mich an. „Das war so cool, Daddy." „Aber deine Haare?" Jess springt ihr zur Seite: „Ich habe sie ein paar Mal gefragt. Sie wollte es so." Ich sehe unsere Älteste genauer an, sie sieht toll aus- ein richtiger Teenager. „Es gefällt mir- steht dir gut", stimme ich meiner Tochter zu, „und sonst? Tolle Sachen gefunden?" Sie strahlt und bringt die Tüten auf ihr Zimmer. „Wow, sie wird so schnell groß", ich küsse Jess, „Du siehst übrigens auch toll aus- neue Farbe? Hast du auch was für dich gekauft?" „Klar zeige ich dir heute Abend", flüstert sie und nimmt Knopf auf den Arm, um das Abendessen vorzubereiten. Da es Sandwiches gibt, schafft sie das auch mit unserer Tochter auf dem Arm. Die Kinder decken den Tisch und ich hole eine Flasche Wein. Raphaelas Vertrag läuft in ein paar Wochen aus. Vielleicht können wir sie überzeugen, noch einmal zu verlängern. Sophie holt ihre große Schwester und Raphaela. Kaum verschwinden die Kinder nach oben, fragen wir nach und unser Kindermädchen denkt nicht lange nach. „Klar bleibe ich, wenn sie das wollen. Ich muss ja schließlich wissen, was aus Knopf wird", grinst sie. „Unser Knopf ist die Woche doch tatsächlich zwei cm gewachsen", grübelt Jess, „nun sind wir schon bei 85 cm."Gegen 22:00 Uhr verschwindet Jess im Bad und ich warte auf das, was kommt. Die Tür öffnet sich und meine Frau erscheint in einem hauchzarten, weißem Neglige´ mit zartem Stringtanga. Sie lächelt verführerisch und mir wird heiß. Sie schlendert auf mich zu und mein Körper reagiert. Ich küsse sie stürmisch und ziehe sie zu mir auf das Bett. Sie liegt vor mir und atmet schwer. Meine Hände finden ihren Platz auf ihren Brüsten, die sofort reagieren. Durch den Stoff verwöhne ich sie weiter und fahre mit dem Finger an ihrem Bauch nach unten. Jess keucht und biegt sich mir entgegen. Lächelnd dringe ich mit dem Finger in sie ein und führe sie so zum Höhepunkt. „Sag mal, es war doch ausgemacht, dass ihr nur Sachen für euch kaufen dürft", grinse ich, während ihr aus dem Hauch von nichts helfe. „Hab ich doch", flüstert sie, „gut, du hast auch was davon." Ich umschließe eine Brust mit den Lippen und sauge daran. Im Nu ist sie wieder bereit und ich dringe in sie ein. Langsam bewege ich mich in ihr und beiße sanft zu. Sie umschlingt mich, um mich noch tiefer in sich aufzunehmen, und steigt in meinen schneller werdenden Rhythmus ein. Sie schreit auf und ich ergieße mich in ihr. Ich angle nach der Decke und sie kuschelt sich an mich. „Habt ihr eigentlich gewonnen?" „Was? Ja,

4:2. War nicht gerade mein stärkstes Spiel."

„Ist egal, Hauptsache drei Punkte", murmelt Jess an meiner Brust und schläft kurz darauf ein. Ich lächle und schließe die Augen. Gegen 8:00 Uhr läutet der Wecker, da um 10:30 Uhr ein Training angesetzt ist. Erstaunlicherweise sind bis auf Sophie und Leon schon alle Kinder wach, so dass wir ein Familienfrühstück ansetzen. Ich packe danach eine Tasche und starte ins Sonntagstraining, während Jess sich die drei Großen schnappt, um die anstehenden Proben vorzubereiten. Leon hat Chris Aussagen Lügen gestraft und in Deutsch und in HSU je eine eins geschrieben. Nun will er das in Mathe ebenfalls schaffen. Alex lernt über den Igel und Vroni schreibt eventuell eine Ex in Englisch. Nach dem Lernen und dem Training steht am Nachmittag ein Herbstspaziergang an.

Neuanschaffungen

-J-

Nach zwei Stunden rauchen nicht nur die Köpfe der Kinder. Raphaela hat mit den Zwillingen am Geburtstagsgeschenk für Vroni gebastelt und Knopf hat ein Bild gemalt. Ich stehe in der Küche und bereite den Spätzle-teig zu, im Schnellkochtopf köchelt das Gulasch vor sich hin, als William nach Hause kommt. „Hallo Liebling. Bin wieder da. Und ich habe Hunger", grinst er. „In zehn Minuten ist das Essen fertig", erwidere ich und greife nach dem Spätzlesieb. „Super, ich decke den Tisch", antwortet Will. Als ich mit dem Essen ins Esszimmer komme, sitzt die Familie bereits am Tisch und ich stelle die Schüsseln auf den Tisch. William gibt etwas Nudeln und Gulasch auf Knopfs Teller und taucht den Löffel ein. „Kann selber", kommt der typische Satz von unserer Kleinen, „bin schon groß." Die gesamte Familie kichert und William gibt den Löffel ab. „Aber langsam, es ist heiß", füge ich hinzu und ernte einen strengen Blick meiner Tochter. Das Essen mit dem Löffel klappt schon ganz gut. Das, was Knopf an Größe fehlt, macht sie in der Entwicklung wieder wett. Da es ein warmer Oktobertag ist, holen die Kinder ihre Fahrräder und das Dreirad heraus. William und ich bummeln Hand in Hand los und wie von selbst führt uns der Weg am Überfallort vorbei, doch der Ort hat längst seinen Schrecken verloren. „Ich glaube, wir müssen bei Flo und Sophie bald die Treter anbauen. Und zu Weihnachten neue Fahrräder kaufen", grinst William. „Gute Idee und Knopf bekommt eines der Laufräder, wenn sie das schon schafft", lächle ich zurück. „Sophie, leihst du deiner Schwester bitte mal kurz dein Rad?", frage ich und die „Große" steigt sofort ab. „Knopf, willst du es probieren?", der stolze Vater sieht zu, wie unsere Kleine auf das Laufrad klettert und versucht loszulaufen. Gut, der Sattel ist zu hoch, aber Viktoria dürfte das schon hinbekommen. Mit ernstem Gesicht steigt die Kleine wieder ab und setzt sich auf ihr Dreirad. Jetzt ist die Motivation flöten und sie lässt sich schieben. „Wir versuchen es zuhause noch einmal, ich muss nur den Sattel tieferstellen, der ist ja auf Sophie eingestellt", versucht William Knopf aufzubauen. Doch unser Nesthäkchen ist das erste Mal richtig frustriert. Will baut Sophies Rad sofort um und Flo fährt mit Knopf eine Runde, und wie erwartet funktioniert es einwandfrei. Und da er schon mal dabei ist, baut er die Pedale an die Räder der Zwillinge und auch das funktioniert. Unsere Kinder werden so schnell groß. Sylvias Tochter Aleyna, die fünf Monate älter ist als Knopf, ist auch schon mit dem Laufrad unterwegs. Wenn die beste Freundin es kann, will es Knopf auch.

-W-

Bis Weihnachten können wir definitiv nicht mehr warten und wir beschließen, ein Laufrad zu kaufen. Die Jungs brauchen ebenfalls neue Räder. Jess besorgt am Montag die Geburtstagsgeschenke für unsere Große und das Laufrad für unseren Knopf. Vroni hat eigentlich nur einen Wunsch, dass Steffi sie in Ruhe lässt. Also schnappe ich mir das Telefon und rufe meine Exfrau an, die erstaunlicherweise froh darüber ist, dass die Kinder sie nicht sehen wollen. Sie wandert mit Paul und den Kindern nach Brasilien aus und will deshalb den Kontakt nicht auffrischen. Als ich es Jess erzähle, atmet sie einerseits auf und andererseits schüttelt sie den Kopf. Aber Vroni und Leon sind begeistert, dass sie weiterhin ihre Ruhe haben. Nun muss meine Frau wieder nachdenken und Geschenke finden. Ich vertraue ihr da völlig. Vroni genießt ihr neues Aussehen und die neuen Kleidungsstücke. Auf der Geburtstagsliste, die sie am Abend abgibt, stehen dann weitere Jeans, eine Jacke und ein Handy. Ich lächle Jess an: „Soso, ein Handy?" „Das ist das kleinere Problem, die Jacke stresst mich mehr. Ich weiß genau, welche es sein soll." Sie zieht ihr Handy heraus und zeigt sie mir. „Uff, das glaube ich. Wo bekommst du die her?" „Genau, das ist das Problem. Wenn ich sie bestelle, kommt sie nicht mehr rechtzeitig. Vielleicht weiß Sylvia, wo man so etwas herbekommt. Selina ist ja schon 16", grübelt sie, „bin gleich wieder da." Nach einer halben Stunde ist sie zurück. „Ich weiß es nun, gut, dass man eine Freundin hat", lächelt sie. Ich nehme sie in den Arm und wir verschwinden im Schlafzimmer.

-J-

Am nächsten Morgen bringe ich die Zwillinge in den Kindergarten und starte mit Knopf, Sylvia und Aleyna in die Stadt. Sylvia zeigt mir die Boutique, wo es die gewünschten Jacken gibt. Dort finden wir auch die Jeanshosen und das Handy ist schnell besorgt. Es macht Spaß mit meiner Freundin einkaufen zu gehen- das haben wir lange nicht mehr gemacht. Unsere beiden Kleinen verstehen sich gut und so ist es entspannt, beide dabei zu haben. Im Fahrradladen leuchten Knopfs Augen auf, als sie sich das Fahrrad aussuchen darf. Am Schluss haben wir auch die Räder für die Zwillinge und die Jungs. Vielleicht braucht Vroni auch ein Neues. Ich lasse die Räder reservieren. Wir kehren nach Hause zurück, wo unsere Männer bereits den Grill angeworfen haben. Raphaela und Klara holen die Kindergartenkinder und die Schulkinder treffen nach und nach ein. Ich räume die Geschenke in mein Arbeitszimmer. Der Raum gehört nur mir und die Kinder haben, wie bei Williams Zimmer, wo seine Auszeichnungen stehen, keinen

Zugang. Knopf muss natürlich sofort ihr neues Laufrad vorführen. „Knopf ist jetzt kein Baby mehr", resultiert sie und ich kichere. Irgendwann passt der Spitzname, der bereits in der Schwangerschaft entstanden ist, nicht mehr. Doch noch ist sie unser Knopf. Ich lächle meinen Mann an: „Morgen schnappe ich mir den Rest und wir kaufen die Fahrräder. Wie sieht es eigentlich mit dir aus Maus? Willst du auch ein neues?" Sie sieht mich erstaunt an: „Noch ein Geburtstagsgeschenk? Darf ich darüber nachdenken?" „Nun, da es die anderen ja auch ohne Anlass bekommen", grinst William, „Ich habe morgen Nachmittag übrigens frei. Ich komme mit." Also fahren wir zu neunt zum Fahrradladen und nach zwei Stunden hat jeder ein neues Fahrrad. Sogar, Raphaela, William und ich. So können wir spätestens im Frühjahr zu Radtouren starten. Leon und Alex haben „echte Jungsräder", wie sie sagen. Vroni ein 26" Fahrrad, Flo ein blaues und Sophie ein rosa Kinderfahrrad. Unsere Alten werden gespendet, sobald die Neuen geliefert werden, bringen wir sie ins Kinderheim.

Wir haben dort gefragt und sie waren sofort begeistert.

-W-

Es ist der Tag von Vronis Geburtstag und wir haben doppeltes Training. Da es ein normaler Schultag ist, hat meine Tochter zugestimmt, erst ab 17:00 Uhr zu feiern. Vor dem Training besorge ich noch ein Überraschungsgeschenk für meine Große. Es beginnt zu schneien- ein typischer Novembertag eben und es wird ein richtiges „Matschtraining". Das werde ich definitiv nicht vermissen. Ahmet erklärt heute ebenfalls seinen Rücktritt zum Saisonende. Martin hat noch ein Jahr Vertrag und wird danach ebenso in Rente gehen. In der Mittagspause telefoniere ich mit unserem Architekten, der unser altes Haus abreißen wird und dort ein Poolhaus hinbaut. Da Ahmet, Martin und wir das Grundstück einrahmen, wird es zum gemeinsamen „Freizeitgrundstück" mit großem Grillplatz, Spielbereich für die Kinder und Poolhaus. Die Frauen haben nur den

Kopf geschüttelt, als wir ihnen unsere Pläne erklärten. Jess bereitet der Abriss einige Probleme. Dort begann unsere Liebe, unsere Familie, unser gemeinsames Leben und wurden die Kinder gezeugt. Doch ich bin mir sicher, dass sie ebenso begeistert sein wird. Gegen 16:30 Uhr fahren wir nach Hause, wo unsere Große mich schon sehnsüchtig erwartet. Jess bringt den Geburtstagskuchen und erst nach dem Kaffeetrinken packt Vroni die Geschenke aus und strahlt, als sie die gewünschte Jacke und das Handy entdeckt. Die Geschwister haben für sie gebastelt und gemalt. Als sie alles ausgepackt hat, reiche ich ihr eine kleine Schachtel. Sie öffnet diese vorsichtig und entnimmt das zarte Armband mit Herzanhänger. „Wow, Dad, wie cool, danke"ruft sie aus und fällt mir um den Hals. Ich drücke sie an mich, während sie grinsend hinzufügt: „Aber die Jacke, die Jeans, das Handy und eure Geschenke auch." „Ups, die Geschenke von den Großeltern", fällt meiner Frau ein, „hilfst du mir bitte Leon." Im Nu sind sie wieder da und Vroni entdeckt in beiden Kisten die, von ihr gewünschten Bücher. Am

Liebsten würde unsere Leseratte sofort anfangen zu lesen. „Du hast 2 Stunden Zeit bis zum Abendessen", lächelt Jess. Vroni umarmt sie und verschwindet in ihrem Zimmer. „Zwölf", stöhne ich auf, „ich brauche eine Zigarette."Meine Frau lächelt mich an: „Naja, sie werden groß. Nächsten Monat ist unser Knopf auch schon zwei Jahre alt." Ich verschwinde auf der Terrasse und zünde mir eine Zigarette an. Nun ist bald Winterpause und danach sind es noch 17 Spieltage bis zur „Rente". Ich habe noch keinem von meinen Plänen erzählt, die langsam in mir reifen. Mir fällt die zweite kleine Schachtel in meiner Hosentasche ein. Ich spiele gedankenverloren damit, als meine Frau aus der Tür tritt. „Alles in Ordnung?", frage ich sie, als ich ihr ernstes Gesicht sehe. „Bitte? Ja schon, ich mache mir nur Gedanken. Du scheinst ein Problem damit zu haben, dass die Bande groß wird." Ich nehme einen tiefen Zug und sehe sie eine längere Zeit an. „Nein, nicht mit dem Alter der Kinder, sondern mit meinem", ich versuche ein Lächeln, das aber misslingt. „Warum das denn? Du hast dich doch längere Zeit mit deinem Karriereende beschäftigt. Und du bist doch erst 35. Es wird sich doch etwas finden lassen", murmelt sie. „Ja schon, aber es ist noch nichts spruchreif", meine Laune steigt langsam. „Außerdem kann ich dich dann Tag und Nacht verwöhnen." Sie errötet leicht. „Ach ja, ich wollte es dir eigentlich erst heute Nacht geben, aber nimm es bitte jetzt. Ein Geschenk für meine große Liebe."Ich drücke ihr die kleine Schachtel in die Hand, die sie genauso vorsichtig öffnet, wie ihre Tochter. „Ein Regenbogen?", lächelt sie. „Ja, mit sechs Bögen und zwei Wolken. Soll für unsere Familie stehen und passt an deinen Armreif", ich komme etwas ins Schleudern, „ich dachte ..." Sie fällt mir um den Hals, nimmt ihr Schmuckstück ab und befestigt den Anhänger daran.. Sie hat das Armband von ihren Eltern zum Examen bekommen und trägt es ständig. Nun baumelt der Regenbogen neben der Examensrolle.

-J-

Er streift mir den Armreif wieder über. Dass er solche Probleme mit dem Älterwerden und dem Aufhören hat, ist mir nicht bewusst gewesen. Ich schmiege mich an ihn: „Na du alter Mann, schaffst du es dann noch wild und animalisch? Heute Nacht?" Sein Körper reagiert sofort und er zieht mich stürmisch an sich. „Wollen wir wetten?", grinst er, „wenn du nicht zufrieden bist, dann ..." Ich küsse ihn mit dem bekannten Ziehen im Unterleib. „Ich wette nicht, ich genieße ..." Er lacht auf. „Einverstanden." Wir gehen in die Küche, wo ich Pizza und Salat vorbereite, während er den Tisch deckt. Kurz darauf ist die Familie um den Tisch versammelt und verschlingt die Pizza, Vronis Lieblingsessen. Die Spiele Stunde wird auf das Wochenende verschoben, da die Zwillinge und Knopf schon fast am Tisch einschlafen. William unterhält sich mit den Großen über die Schule und die Drei erzählen begeistert davon. Leon hat vom Zwist zwischen mir und seinen Lehrerinnen nichts mitbekommen. Rick ist nach vier Wochen zu Chris zurückgekehrt und seit kurzem ist sie tatsächlich schwanger. Rick hat es mir am Telefon erzählt und ich freue mich für ihn. „Darf ich meine neue Jacke eigentlich morgen in die Schule anziehen?", fragt mich Vroni, als ich ins Wohnzimmer zurückkomme. Ich lächle: „Aber natürlich, oder wolltest du sie nur ansehen?" Sie strahlt und mit einem Blick auf ihren Vater nimmt sie ihre Brüder nach oben. Ich ziehe William an mich und sein Kuss verspricht einiges. Im Bad greift er nach meinem Pullover und zieht ihn mir über den Kopf. Ich halte die Luft an und lasse zu, dass er den Knopf meiner Jeans öffnet. „Du siehst so heiß aus in der engen Hose. Fast so wie ohne. Und dieser atemberaubende Körper gehört nur mir", flüstert er mit heiserer Stimme. Das Ziehen im Mutterleib wird stärker. Ich nestle an den Knöpfen des Hemdes und streife es ihm von den Schultern. Meine Finger gleiten wie von selbst über seine Narbe und ich merke, wie er erschaudert. Er küsst mich verlangend und umfasst meine Brüste. Die sanften Berührungen seiner Torwarthände setzen mich in Flammen. Ich verfluche die Wahl meiner Hose und schäle mich aus der Jeans. Er schafft es schneller und sein Verlangen ist nicht zu übersehen. Sein Kuss und seine Berührungen werden intensiver. Seine Finger fahren unter meinen Slip und erreichen ihr Ziel genau. Ich stöhne auf und ziehe ihn in Richtung Bett. Er schüttelt den Kopf und nimmt meine Brust zwischen die Zähne. Er saugt daran und drängt mich gegen die Kommode. Der Griff nach meinem Slip ist ungeduldig und ich höre ein ungewohntes Geräusch, als der zarte Stoff zerreißt. Er lächelt mich entwaffnend an und ich greife nach seiner Erregung. Er beißt sanft zu, hebt mich hoch, ich schlinge die Beine um ihn, während er mich sanft auf das Bett gleiten lässt. Er sitzt zwischen meinen Beinen und küsst meinen Schoß, bis ich mich, unfähig mein Verlangen zu bändigen, ihm entgegen biege. Endlich erlöst er mich und dringt in mich ein, als er sich in mir ergießt, stoße ich einen spitzen Schrei aus. Er lächelt und bewegt sich sanft in mir. Das Verlangen ist sofort wieder da und ich winde mich unter ihm. Er rollt sich herum und ich setze mich auf ihn. Durch die Seide sind die Berührungen seiner Hände noch intensiver. Er bewegt sich schneller und wir erreichen zusammen erneut einen Höhepunkt. Ich lasse mich erschöpft auf ihn sinken: „Respekt alter Mann", stichle ich.

Egoismus?

-W-

„Alter Mann? Na warte", ich ergreife ihre Hände und werfe sie erneut unter mich. Mein Mund verwöhnt ihre Brüste und während ich mit einer Hand ihre Hände über ihrem Kopf fixiere, gleitet die zweite zu ihrem Schoß. Sie stöhnt und windet sich unter mir, doch ich lasse nicht nach und führe sie zu einem Höhepunkt. Erst dann dringe ich in sie ein und führe uns zur Erfüllung. Sie atmet heftig und ich küsse sie zärtlich, als ich neben sie sinke. „Ich liebe dich Jess", flüstere ich in ihr Haar. Sie sieht mich an und lächelt: „Das war wunderschön, Schatz. Und danke für den Anhänger." „Gern geschehen. Darf ich dich etwas fragen, Liebling?" Sie nickt. „Du hast mich gefragt, was ich als Fußballrentner machen will. Versteh mich jetzt bitte nicht falsch- ich würde gerne mit einem alten Freund eine Segeltour über das Mittelmeer machen." Sie rückt von mir ab, kaum dass ich den Satz beendet habe, und sagt nur ein Wort: „Allein?" Ich schlucke. „Wenn du nichts dagegen hast. Es wären ca acht Wochen." „Wie lange denkst du schon darüber nach? Und du denkst nach einer stürmischen Nacht, erzähle ich meiner Frau, dass ich sie alleinlasse", ihre Stimme ist leise und klingt nach Tränen. Ich hole tief Luft. „Liebling, ich habe das Angebot vor zwei Wochen erhalten und heute ist mir klar geworden, dass ich es gerne annehmen würde. Aber wenn du dagegen bist ...", flüstere ich und schiebe die Verantwortung an sie ab. Sie flüchtet beinahe aus dem Bett. „Na toll, was, wenn ich nein sage? Bleibst du dann hier?"Ich nicke. „Und wirfst mir irgendwann vor, dich angekettet zu haben. Du musst wissen, was du tust:" „Jess - bitte - komm zurück ins Bett. Ich liebe dich und die Kinder und wer weiß, vielleicht habe ich meine Meinung bis in sechs Monaten geändert. Aber selbst wenn nicht, ändert sich doch zwischen uns nichts", versuche ich sie zu überzeugen. „Ach was? Was, wenn du in den acht Wochen feststellst, wie angenehm es sich als ungebundener Mann leben lässt",flüstert sie. Ich greife nach ihr und ziehe sie an mich. Sie stemmt sich dagegen und als ich meine Kraft ausspiele, trommelt sie gegen meine Brust und ich merke, wie diese nass wird. „Liebling, bitte, es war eine Scheißidee. Sieh mich an – bitte", meine Stimme will mir nicht mehr gehorchen, „wir können es auch gemeinsam machen, wenn die Kinder größer sind." Sie sieht mich an: „Ich bin nicht so egoistisch. Wenn du das wirklich willst, dann solltest du es tun. Ich bekomme das mit den Kindern schon hin."Sie dreht sich von mir weg und schweigt. Und ich Idiot habe diese wunderschöne Nacht zerstört. Als ich am Morgen wach werde, bin ich allein. Ich stehe unter der Dusche und versuche krampfhaft, die Wut auf mich selbst in den Griff zu bekommen. Auf dem Gang begegne ich meiner Tochter in ihrer neuen Jacke. „Du siehst toll aus Maus." Vroni lächelt und als mir Sophie entgegenläuft, schwindet die Wut und macht einem schlechten Gewissen Platz. Jessica lächelt, doch das Lächeln erreicht ihre Augen nicht. Ich küsse ihren Scheitel. „Können wir nach dem Training miteinander reden? Bitte." Sie nickt und wendet sich ab.

-J-

Warum bin ich so egoistisch? Er wäre doch nur acht Wochen weg. Wenn ich so weiter mache, verliere ich ihn ganz. Ich lasse Knopf bei Raphaela und mache mich auf zu einem Spaziergang. Unbewusst schlage ich den Weg zu unserem alten Haus ein. Ich sperre die Tür auf und meine Füße bringen mich in unser ehemaliges Schlafzimmer. Dort lehne ich mich an die Wand und die Erinnerungen stürzen über mir zusammen. Unsere erste gemeinsame Nacht, die Geburt der Zwillinge, die Fehlgeburt, die erste Krise und die Geburt von Knopf, all das und noch vieles mehr. Ich balle die Faust und rutsche langsam nach unten. Das Zimmer verschwimmt vor mir und ich stoße einen lauten Schrei aus, als meine Faust den Boden trifft. Zwei starke Arme umfassen mich und ich versuche, ihn wegzuschieben, doch der Schmerz im linken Handgelenk hindert mich daran. William spricht kein Wort, er hebt mich hoch und bringt mich zu Max, der eine starke Prellung feststellt. Mit einer Schiene ausgestattet verlassen wir die Praxis. Er spricht immer noch nicht, hilft mir aber, den Sicherheitsgurt zu schließen, und fährt los. „William", setze ich an, doch er unterbricht mich barsch: „Nicht jetzt Jessica." Seine Stimme klingt rau, aber auch kühl. Außerdem spricht er meinen Namen vollständig aus, ein Zeichen dafür, dass er wütend ist. Zuhause löst er meinen Gurt und steigt aus. Ich greife nach der Türklinke und bleibe dann doch sitzen. Er sieht mich an, schüttelt den Kopf und steigt wieder ein. „Na gut, dann eben hier", stößt er hervor, „Jessica, wenn du nicht willst, dass ich fahre, bleibe ich hier. Ich fahre nicht ohne deine Einwilligung." Ich sehe in nicht an, da er meine Verzweiflung nicht sehen soll. Doch er kennt mich zu gut. „Ich weiß", meine Stimme gehorcht mir nicht, „aber ich will nicht, dass du meinetwegen darauf verzichtest. Ich will nur, dass du zu mir und den Kindern zurückkommst, wenn der Trip vorbei ist." „Ich will dich oder die Kinder doch nicht verlassen", er wird lauter und ich fahre zusammen, „es ist nur ein Männerausflug mit einem alten Freund." „Aber du hast ihn nie erwähnt und jetzt willst du mit ihm segeln?", ich kann die Tränen nicht mehr zurückhalten. „Olaf war lange in den USA und ist erst seit kurzem wieder da. Ich stelle ihn dir vor, wenn du es willst." Ich schüttle den Kopf. „Wenn du es in sechs Monaten noch willst, stehe ich dir nicht im Weg. Es tut mir leid, dass ich so bescheuert reagiert habe. Ich liebe dich und ..." „Was?" „Bitte?" „Und was?" „Ich weiß nicht", flüstere ich. Er schüttelt den Kopf und lächelt.

-W-

Oh Gott, wie sehr ich sie liebe. Ich steige nun doch aus und helfe ihr heraus. „Tut´s weh?" Sie schüttelt den Kopf und wir gehen wortlos ins Haus. Das Thema Segeln erkläre ich zum Tabuthema. Wir haben noch Zeit. Kurz darauf hat unser Knopf Geburtstag und so vergeht die Zeit als Fußballer und schneller als gedacht ist der Tag meines letzten Spieles da. Leider geht das Endspiel in der Champions League verloren. Ich überreiche Toby meine Handschuhe. „Halte das Tor sauber", mein Lächeln ist gekünstelt und ich verlasse das Stadion mit einem mulmigen Gefühl. Drei Tage später geht es los. Jess hat der Tour nun doch ihren Segen gegeben. Wir haben vereinbart, dass ich, sollten Probleme auftauchen, jederzeit zurückkehren werde. Ich habe mich bereits von den Kindern verabschiedet und halte nun meine Frau in den Armen, die mühsam versucht, die Tränen zurückzuhalten. „Wir telefonieren Liebling und du wirst immer wissen, wo ich bin. Ich liebe dich mehr, als du denkst. Pass auf dich und die Bande auf." Als ich in Olafs Auto sitze, sehe ich zurück und bin versucht wieder auszusteigen, als ich ihre Tränen sehe. Doch der Segeltörn macht Spaß und auch zuhause läuft alles. Ich genieße die Zeit.

Nicht schon wieder

-J-

Ich vermisse ihn und freue mich auf die abendlichen Anrufe. Seine Begeisterung ist deutlich zu hören. Die Kinder bemühen sich, mehr oder weniger erfolgreich, Raphaela und mir keine Arbeit zu machen. Knopf hat nun die untere Wachstumsgrenze erreicht und ist nur noch etwas zu leicht. Nach vier Wochen erreichen sie Spanien und ich beschließe, mit Rücksprache meiner Eltern, nach Barcelona zu fliegen, um ihn zu überraschen. Ich stehe am Anleger und sehe das Boot einlaufen. Als sie anlegen, schlendere ich langsam den Steg entlang und sehe meinen Mann in inniger Umarmung mit einer Blondine. Ich wusste es. Ich verlangsame meine Schritte und als er mich entdeckt, erschrickt er und lässt die Tussi los. „Jess", stößt er hervor. Ich stehe so dicht vor ihm, dass die Ohrfeige voll trifft. „Viel Spaß", stoße ich hervor, drehe mich um und stürze davon. Er holt mich ein und hält mich fest. „Was machst du denn hier?", fragt er atemlos. „Mich davon überzeugen, dass mich mein

Gefühl nicht trügt. Lass mich los, du hast vier Wochen Zeit, dich mit unserer Trennung abzufinden." „Jess, Liebling- ich habe dich nicht betrogen. Was du gesehen hast, das ..." „Ist genug. Ich fahre nach Hause zu unseren Kindern. Ich will dich erst einmal nicht sehen." Er lässt mich los, dreht sich um und geht zurück zum Boot. Ich fliege zurück nach Hause, wo mich die Kinder begeistert empfangen. Meine Mutter sieht mich fragend an und als die Kids im Bett sind, fragt sie nach: „Warum bist du schon wieder da? Was ist passiert?" Ich atme tief ein: „Er hat mich betrogen. Das habe ich jetzt davon, dass ich der Tour zugestimmt habe." Mein Telefon läutet, doch ich drücke den Anruf weg. Ich bin so wütend, dass ich keine Tränen mehr habe. Nachdem ich die nächsten 1 1/2 Wochen jeden Anruf wegdrücke, hören die Anrufe schließlich auf. Die Kinder sollen davon nichts merken, so dass ich ihnen immer gute Laune vorspiele. Meine Eltern weichen nicht von meiner Seite und als es am Samstagmorgen der 7. Woche an der Tür läutet, öffnet Dad diese. Kurz darauf kehrt er ins Wohnzimmer zurück und ein Blick auf ihn genügt, dass Raphaela die Kinder aus dem Zimmer zieht. „Was ist los Rolf?", fragt Mum ihn, da ich keinen Ton herausbringe. „William – sein Boot ist gekentert- er wird vermisst." „NEIN!!", meinen Schrei kann ich nicht unterdrücken, „Ich muss da hin!" „Jessy, das hat wenig Sinn. Sie suchen nach ihm." „Dad, bitte!" Er nickt und kurz darauf sitzen wir im Flugzeug nach Malta. Dort angekommen machen wir uns auf den Weg zur Polizei. Ich sitze in Valetta auf dem Bootssteg und starre auf das unendliche Meer. Olaf wurde gefunden, aber er kann keine Angaben zum Unfallort machen. „Es sind viele Fischerboote draußen", versucht Dad mich zu beruhigen, „sie werden ihn finden." Doch Stunde um Stunde vergeht ohne ein Zeichen von ihm. Und wieder einmal habe ich Angst, dass unsere letzten Worte im Streit waren und ich ihm vielleicht nie mehr sagen kann, wie sehr ich ihn liebe. Ich breche in Tränen aus und mein, sonst so tougher Vater, setzt sich nun neben mich und legt hilflos den Arm um mich. „Willst du dich nicht ausruhen, Schatz. Sie geben uns Bescheid, wenn sie etwas erfahren. Egal was." Ich schüttle den Kopf: „Ich bleibe hier. Ich ..." Mein Vater nickt. „Aber du solltest etwas essen und trinken." Ich verneine erneut, doch als mir ein älterer Fischer ein Stück Brot und eine Flasche Wasser hinhält, greife ich zu. „Everything will be alright. You will see." Ich presse ein „thanks" hervor. „Dad, was ist, wenn er ... Wie soll ich das den Kindern erklären? Und wie weiter-leben?", flüstere ich. Dad sieht mich eine Zeitlang stumm an: „ Wir sind immer für dich da, Jessica. Aber wir sollten optimistisch blei-ben. Er wird zu dir und den Kindern zurück-kehren." Die Sonne geht unter und noch immer weigere ich mich, meinen Platz zu verlassen. Das ganze Dorf scheint Anteil zu nehmen. Sie reichen uns Decken, Tee und Mahlzeiten. Ich nehme alles wie durch einen Nebel wahr. Plötzlich bemerke ich, wie sich eine junge Frau neben mich setzt: „Darf ich? Ich bin Kate. Ich habe mit meinem Mann telefoniert. Unsere Jacht ist noch draußen. Er wird weitersuchen." „Jessica", flüstere ich,

„aber ich will nicht, dass sich andere in Gefahr begeben." „Das wird er nicht, unsere Crew ist geschult", antwortet er, „haben sie Kinder?" Ich nicke: „Ja, sechs Stück, zwischen 2 1/2 und 13 Jahren. Die / wir brauchen ihn." „Man wird ihn finden. Ich bleibe bei ihnen", Kate versucht, mich abzulenken. Inzwischen ist es stockfinster, nur der Bootssteg ist beleuchtet und drei einsame Personen sitzen am Steg. Kate versucht, mich weiterhin in ein Gespräch zu verwickeln, und ich erfahre, dass sie Mutter von vier Jungs ist und im Oman lebt, aber eigentlich aus Deutschland kommt. Gegen 23:00 Uhr klingelt ihr Handy. Sie nimmt ab und ich verstehe kein Wort. Sie beendet das Telefonat und legt ihre Hand auf meine: „Sie haben ihn gefunden. Er ist bewusstlos, aber er lebt. Sie sind in 30 Minuten hier."Ich falle erst Dad, dann ihr um den Hals „Danke." Die große Jacht legt an und die Seerettung holt William ab. Der Notarzt kommt nach der Notversorgung auf mich zu. „Ich will nichts beschönigen. Er ist bewusstlos, unterkühlt und wir können nicht ausschließen, dass er viel

Wasser geschluckt hat. Wir können nur abwarten. Und wir müssen ihn ausfliegen. Wir haben nicht die medizinischen Mittel, ihn intensiv medizinisch versorgen zu können." Kates Mann, eine imposante Erscheinung unterhält sich mit dem Notarzt. Ich greife nach Williams kalter Hand: „Du darfst mich nicht allein lassen, hörst du Schatz. Du musst kämpfen. Für mich, für die Kinder, für uns beide." Er bleibt über Nacht in Valetta und wird am Morgen nach Rom ausgeflogen. Dad wird mit der Jacht nach Rom gebracht, während ich William nicht von der Seite weiche. In der Klinik in Rom gibt es die erste, vorsichtige Entwarnung, er konnte sich offensichtlich an einer Planke festhalten, doch Lungenschäden können noch nicht ausgeschlossen werden. „Reden sie mit ihm, das wird helfen", rät mir der Arzt. Ich nicke: „Schatz, bitte wach auf, zuhause warten eine Menge Neuigkeiten auf dich. William, bitte, ich hätte dir zuhören sollen, doch ich war enttäuscht von dem Bild, das sich mir geboten hat, so dass mein Ego mir im Weg stand." Die durchwachte Nacht fordert ihren

Tribut. Ich lege meinen Kopf auf sein Kissen und schlafe ein, die Finger immer noch mit seinen verschränkt. Zwei Stunden später spüre ich einen Druck. Sofort bin ich hellwach und sehe meinen Mann an. „Jess-Liebling", flüstert er durch die Sauerstoffmaske. „Ich bin hier Schatz. Alles wird gut." „Was ... was ist passiert?" Er greift nach der Maske und will sie herunterziehen. „Oh nein, die bleibt auf. Du wärst beinahe ertrunken. Der Arzt kommt gleich." Die Tür öffnet sich und Dad und der Arzt betreten den Raum. Dad fungiert als Dolmetscher und stellt William die Fragen, die Hirnschäden ausschließen sollen. So soll er Namen und Geburtstage seiner Eltern, der Kinder und mir nennen. Auch unseren Hochzeitstag und den Tag seiner Liebeserklärung weiß er noch. „Alles ist gut, Jessy. Keine Schäden, nur die Lunge eventuell. Das wird das MRT zeigen", erklärt Dad. „Hast du gehört, Schatz, alles wird gut", ich küsse ihn auf die Stirn. Er nickt und der Arzt bringt ihn ins MRT. „Du solltest dich ausruhen Jessy", meint Dad. „Wenn die Ergebnisse da sind", verspreche ich. „Wie geht es ihm?", höre ich eine tiefe, mir unbekannte Stimme. Ich blicke hoch und sehe in ein offenes Lächeln. Kate tritt aus dem Schatten ihres Mannes: „Mein Mann Omar, Darling das ist Jessica." „Danke, es geht ihm den Umständen entsprechend gut. Dank ihnen",antworte ich. „Sultan Omar, kann sich meine Tochter auf der Jacht etwas ausruhen, bitte."

Der Sultan

Sultan? Kate flüstert ihrem Mann etwas zu und er nickt. „Du bist uns herzlich willkommen", erklärt sie. „Ich bringe dich hin." „Danke, aber ich würde gerne das MRT-Ergebnis abwarten",flüstere ich, „danach lege ich mich hin." Die drei anderen nicken, und wir warten zusammen auf Williams Rückkehr. Er kommt ohne Sauerstoffgerät und lächelt. Er nimmt mich, im Rollstuhl sitzend in den Arm. „Nun haben wir beide Narben auf der Lunge", scherzt er. „Nicht witzig, William Karl", grinse ich. „Du hast versprochen, dich auszuruhen, Liebling. Bitte. Wir sehen uns morgen." Kate und Omar bringen Dad und mich an Bord, wo ich in einen tiefen Schlaf falle. Nach ein paar Stunden erwache ich und mache mich auf die Suche nach meinem Vater. Er ist in eine Unterhaltung mit Omar vertieft. „Schon wieder fit, Schatz?", lächelt er, als er mich sieht. „Mmh. Mein Dad sagte irgendetwas von Sultan?", wende ich mich an Omar. „Nur Omar, für Freunde. Der Sultan bin ich nur im Oman", kommt zurück, „ihr Mann ist doch der bekannte Torwart? Meine Jungs lieben Fußball." „Ja, er war Torwart, jetzt ist er Fußballrentner", grinse ich, „wie können wir ihnen danken?" „Indem ihr uns besuchen kommt", meint Kate, „dein Mann muss sich ja sowieso erholen." „Ja, schon, aber die Kinder?" „Die betreuen wir", Dads Tonfall lässt keinen Widerspruch zu, „ihr habt doch auch noch etwas zu klären, oder?" Ich nicke: „Ich rede mit William. Ich würde gerne zu ihm fahren. Ist das möglich?" „Der Chauffeur bringt dich hin und holt dich in drei Stunden wieder ab." Kate lässt einige Befehle los und kurz darauf betrete ich Williams Zimmer. Er liegt blass in seinem Bett, die erworbene Bräune ist kaum zu sehen, aber er lächelt, als ich eintrete. „Du solltest dich doch ausruhen." „Ich bin ok, Schatz", murmle ich. „Liebling ..., ich habe dich nicht betrogen. Ihr war übel, aber ich glaube, sie hat sich schon etwas erwartet. Aber selbst wenn du mich nicht geohrfeigt hättest, wäre nichts passiert", flüstert er, „als du von Trennung gesprochen hast ..." „Schatz, darüber können wir später reden, ich bin froh, dass du bei mir bist. Ich hätte dich beinahe schon wieder verloren. Mach so etwas nie wieder, ja?", fordere ich. „Versprochen", er küsst mich zärtlich, „auch keine Männerausflüge mehr, außer sie sind 4,8 und 9 Jahre alt." „Idiot! Aber wenn du entlassen wirst, machen wir erst einmal Urlaub bei Sultan Omar im Oman, deinem Retter. Du sollst in die Wärme, und wenn das Schuljahr vorüber ist, kommen meine Eltern mit den Kindern nach. Einverstanden?", bestimme ich. Es klopft und der Arzt tritt ein: „Dank ihrer hervorragenden Konstitution sind keine Schäden entstanden. Aber sie sollten sich schonen. Sie sind nicht mehr aktiv?" „Nein, seit sieben Wochen", presst er hervor.

„Gut, denn Leistungssport ist im Moment nicht möglich. Sie müssen gut auf ihn aufpassen. Dann können sie ihn morgen mitnehmen. Aber nicht mehr segeln",lächelt der Arzt.

-W-

Ich schicke Jess zurück auf die Jacht und schlafe ein. Ich hasse Krankenhäuser immer noch und kann es kaum erwarten, es zu verlassen. Ich bin früh wach und nach einem abschließenden Ultraschall werde ich entlassen. Kurz darauf steige ich in die Limousine, die mich zur Jacht bringt. Omar hat einen Bediensteten zum Einkaufen geschickt, um neue Kleidungsstücke und ein neues Handy zu besorgen. Rolf verspricht, Koffer mitzubringen, wenn er mit den Kindern kommt. Mir ist etwas mulmig, als ich auf das Boot trete, aber Omar meint, es würde sich nicht anfühlen, wie ein Schiff. Und er hat recht, mit der Zeit entspanne ich, lege den Arm um meine Frau und ziehe sie an mich. Sie lehnt sich an und lächelt: „Bist du ok, Schatz?" „Mmh. Ich wusste nicht, dass ich von einem Sultan gerettet wurde. Irgendwie einschüchternd, findest du nicht?", murmle ich. „Also ich finde Kate und Omar richtig nett und ohne sie ...", flüstert sie. Ich schlucke den aufkommenden Kloß hinunter: „Liebling, glaubst du mir? Hättest du mir auch dann eine Chance gegeben, wenn der Unfall nicht gewesen wäre?" Sie rückt von mir ab. „Sag mal William, geht's noch? Was wäre wenn? Dein Ernst? Ich weiß es nicht- wahrscheinlich nicht so schnell. Ich weiß nur, dass ich dich liebe und nicht ohne dich leben will", ihre Stimme klingt leicht nervös. „Und ich habe mich bereits entschuldigt." Ich strecke die Hand nach ihr aus. „Liebling, es tut mir leid. Ich liebe dich- nur dich. Und die Kinder natürlich." „Warum bringst du es dann wieder zur Sprache?", jetzt ist sie kaum mehr zu verstehen, „ich weiß, dass ich mit dir reden hätte sollen. Aber das konnte ich nicht." „Du hast meine Anrufe weggedrückt", William, nicht schon wieder ein Vorwurf. „Mmh. Aber was hättest du getan? Ich hatte Angst, etwas zu sagen, was mir später leidtun würde. Und du hast ja auch aufgehört, mich anzurufen. Und die Kinder – ich musste den Schein wahren." Ich lege die Hand auf ihre. „Liebling, ich hätte die Farce viel früher beenden sollen. Aber mein übergrosses Ego ließ dies nicht zu. Olaf hat auf der Fahrt immer wieder Frauen eingeladen. Als du gegangen bist, habe ich gefordert, dass die Frauen verschwinden. Am Tag des Unfalls hatten wir einen riesigen Streit. Ich wollte in Malta aussteigen und bin auf meinem Bett gelegen, um dir eine sms zu schreiben. Ich weiß nicht, ob ich es getan habe ..." Sie schüttelt den Kopf. „Das Nächste, was ich weiß, ist, dass du an meinem Bett gesessen hast." „Ja, nachdem ich 18 Stunden am Bootssteg verbracht habe. Dad und ich sind sofort losgeflogen und ich habe mich nicht von der Stelle bewegt, bis du gefunden wurdest. Dort hat mich Kate gefunden ..." Ich muss mich kurz von ihr wegdrehen, da mir Tränen in die Augen steigen. „Jess –", meine Stimme bricht, „ich bin froh, dass du da bist. Ich werde dich nie wieder alleine lassen – ich liebe dich."

Die Wüste

-J-

Ich sehe in wortlos an. Mein früher so stark und kraftvoll wirkender Ehemann wirkt so zerbrechlich. Und das schlechte Gewissen ist direkt greifbar. Ich würde die Vergangenheit gerne ruhen lassen, allein die Erinnerung an den Schlag treibt mir die Röte ins Gesicht. Als Omar auf uns zukommt, lächle ich. „Lust auf Tee?", fragt er und wir folgen ihm auf das Sonnendeck, wo wir mehr über das Herrscherpaar erfahren. Kate hatte im Urlaub einen kleinen Unfall und hat dabei den Thronfolger kennengelernt. Er hat ihr geholfen und sich Hals über Kopf in sie verliebt. Es erforderte eine Menge Überzeugungsarbeit, bis Kate bereit war, ihr Leben gegen das an Omars Seite einzutauschen. Er hat nur sie als Frau und musste für sein Glück hart kämpfen- Europäerin und Alleinfrau- nicht einfach für das moslemische Herrscherhaus. Erst die Geburt des ersten Sohnes ließ den Schwiegervater umdenken. Und Kate fühlt sich im goldenen Käfig sehr wohl. William entspannt sich merklich.

Obwohl wir auch keine normale Familie sind, wirkt ein Herrscher schon einschüchternd. Doch Omar entpuppt sich als feiner Kerl und Kate und ich haben viele Gemeinsamkeiten. Wir haben beide für unsere Liebe das alte Leben hinter uns gelassen. „Vermisst du es?", frage ich sie und sie überlegt kurz. „Manchmal- am Anfang war es schlimmer. Man ist immer öffentlich. Und deshalb genieße ich die Zeit auf dem Boot. Hier sind wir Omar und Kate und nicht Sultan und First Lady."Ich lächle: „Ich kenne das Gefühl. Jeder Schritt, jeder Streit oder Sonstiges wird breitgetreten. Ich wundere mich, dass das Bootsunglück noch nicht gemeldet wurde. Vielleicht hat William Recht. Er ist als Privatier uninteressant. Wäre mir nur recht." Ich entspanne von Minute zu Minute mehr und nach einem Telefonat mit den Kindern geht es mir richtig gut. Nach zwei Tagen erreichen wir den Oman und tauchen in eine völlig andere Welt ein. Der Palast ist riesig und überall wuseln dienstbare Schatten umher. Omar hat Befehl gegeben, dass uns jeder Wunsch erfüllt wird, wir aber weitgehend allein gelassen werden. Nun schlendern wir Hand in Hand durch die weitläufigen Gärten, die mitten in der Wüste seltsam anmuten. Mein Vater hat Rick von Williams Unfall erzählt und bei ihm und dem Rektor des Gymnasiums eine Woche früher schulfrei bekommen. Sie kommen also bereits morgen.

-W-

Ich sehe sie an und mein Herz macht einen Sprung. Sie sieht in dem orientalischen Kaftan einfach atemberaubend aus und doch scheint sie etwas zu quälen. Gut, sie vermisst die Kinder, das tue ich auch, aber da ist noch etwas anderes. Sie tritt auf die dunkelroten Rosenbögen zu und betrachtet sie. Ich trete hinter meine Frau und lege die Arme um ihre Hüfte. Sie lehnt sich an mich, spricht aber kein Wort. Ich merke, wie mein Kiefernmuskel zuckt. Hat sie die letzten Wochen wirklich begraben? Als sie Kate unsere Liebesgeschichte erzählt hat, fehlte der übliche Glanz in ihren Augen. „Liebling", ich wäge die folgenden Worte ab, „bist du glücklich?" Sie sieht mich an. „Ab morgen bestimmt. Warum fragst du?", flüstert sie. „Ich weiß nicht, es ist nur so ein Gefühl. Das Strahlen in deinen Augen ist verschwunden. Und daran bin ich schuld." Sie dreht sich um. „Ich bin nur müde", murmelt sie, „ich schlafe nicht gut." „Meinetwegen?" „Ich weiß nicht. William ich …"Ich atme tief ein: „Jess, Liebling. Sprich mit mir. Was immer es ist." Ich streiche über ihre Wange und spüre die Tränen. Ich trete einen Schritt zurück. „Liebe mich, William - jetzt bitte." Was? „Liebling, ich …" Sie schluckt: „Schon klar." „Nein, gar nichts ist klar. Ich liebe dich, Jess. Und ich würde nichts lieber tun, als deinen atemberaubenden Körper zu verwöhnen. Aber ich habe Angst …" „Angst? Wovor? Vor mir?" „Ach, vergiss es …", presse ich hervor und versuche, sie an mich zu ziehen, doch sie windet sich heraus. „Nein Schatz, bitte sag es mir", fleht sie. „Also gut", ich ziehe sie zur Bank und auf meinen Schoß. „Immer wenn wir zu glücklich sind, kommt es zu einer Katastrophe. Deine Fehlgeburt, deine Krankheit, der Überfall, die Vaterschaftsklage und jetzt das …" Sie lächelt: „Das nennt man

Leben, Schatz. Ich will meine Ehe zurück; mit romantischem, zärtlichen oder auch wild-animalischem Sex. ------Wenn du es auch willst." „Liebling, nichts lieber als das. Komm." Wir verschwinden in unserem Zimmer. „Diese orientalischen Kleider sind zwar wunderschön, aber sie verdecken deine atemberaubende Figur ja vollständig." Mit einer schnellen Bewegung ist das „Problem" sofort erledigt. Sie steht in schwarzen Spit-zendessous vor mir und mein Körper reagiert. Die acht Wochen Askese treffen meine Lendengegend mit voller Wucht. Ich schlüpfe, so schnell es geht aus meiner Klei-dung und trete langsam auf sie zu. Meine Hände finden wie von selbst ihren Platz auf den Brüsten. Sie atmet tief ein und ihr Körper steht sichtlich in Flammen. Sie legt ihre Hand auf meine Schwellung und fährt mit dem Daumen auf und ab. Ich öffne ihren BH und sie streift ihr Höschen ab. Nun steht sie nackt vor mir und ich sauge ihren Anblick cm für cm ein. Sie greift nach dem Bund meiner Boxershorts und ich dirigiere sie in Richtung Bett. Ein kurzer Schubs genügt und Jess liegt vor mir. Ich beuge mich über sie und küsse sie stürmisch, bevor meine Lippen weiter wandern. Sie lächelt und schickt ihre Hand nun ebenso auf Wanderschaft. Ich stöhne auf und sauge stärker an ihrer Brust. Sie lässt mich los und ich dringe in sie ein. Schnell finden wir unseren Rhythmus und genießen die Heftigkeit des Orgasmus. Ich küsse sie erneut und will mich gerade abermals ihrer Brust widmen, als es leise klopft. Ich löse mich von meiner Frau und werfe die Decke über uns. „Yes,please." Einer der Bediensteten öffnet die Tür nur einen Spalt. „Sorry Sir, it's ime for some tea." „We'll come in about ten minutes, thank you."

-J-

Kichernd schälen wir uns aus dem Bett. „Schade", flüstert er. „Heute Abend", lächle ich. Zehn Minuten später betreten wir Hand in Hand und immer noch grinsend den Salon. Omar und Kate lächeln wissend. „Jessica, entschuldige die Frage, kochst du selbst?", fragt mich die Freundin nach einer Weile. „Meistens schon. Wir haben nur ein Kindermädchen. Warum fragst du?", grinse ich. „Du könntest mir helfen", kommt zurück, „ich habe es lange nicht mehr gemacht, aber Omar liebt ..." „Apfelstrudel, lecker", fällt ihr Omar ins Wort. Ich lächle und bevor ich antworten kann, grinst mein Mann: „Da fragst du die Richtige. Wir lieben Jessicas Apfelstrudel. Der ist wirklich lecker." „Zeigst du es mir, bitte." „Klar doch. Es ist wirklich einfach." Wir beschließen, am übernächsten Tag zu backen, und Kate schickt jemanden los, um die Zutaten zu holen. „Wenn du willst, kann ich auch ein bayerisches Essen kochen, kein Problem", lächle ich. „Gern, aber eines nach dem anderen", stimmt Kate zu. Es ist ein entspannter, lustiger Nachmittag und Omar wird mir immer sympathischer. Ich kann Kate verstehen, dass sie dafür ihr Leben aufgegeben hat. Es ist spät, als wir in unser Zimmer zurückkehren. Doch kaum schließt sich die Tür, zieht William mich in die Arme. Dieses Mal wird der Sex wilder und intensiver. Erschöpft sinke ich neben ihn, er lächelt, streicht über meine Brüste und hinterlässt eine Feuerspur. Ich fange an, mich zu winden, setze mich schließlich auf ihn und nehme ihn tief in mir auf. Er stöhnt auf, als ich mich langsam bewege, und fährt mit den Daumen über meine Knospen. Ich bewege mich schneller und steure uns einen Höhepunkt zu. Ein spitzer Schrei und stoßweises Atmen ist das Ergebnis, doch er ist noch nicht fertig. Er wirft mich auf den Bauch und dringt von hinten in mich ein. Es hat den Anschein, als wollten wir die letzten acht Wochen in einer Nacht aufholen. Nach dem nächsten Höhepunkt sinken wir beide auf die Laken.

Die Familie

-W-

„Sorry Liebling, das war wahrscheinlich zu viel", stöhne ich. „Wow, wie habe ich das vermisst", lächelt Jess und ich schließe sie fest in die Arme. „Das liegt ja wohl an dir. Ich könnte dich die ganze Nacht lieben." Sie sieht mich unschuldig an: „Das glaube ich nicht." Ich stütze mich auf die Schulter und sehe auf meine Frau herab. „Was, du glaubst mir nicht? Na warte." Ich umfasse ihre Brust mit den Lippen und lasse meine Zunge spazieren gehen. Ihre linke Brust verwöhne ich mit der einen Hand, während die andere auf ihrem Schoß liegt. Ich befriedige sie mit den Fingern. Sie schreit auf und mein Lächeln wird breiter: „Und überzeugt?" „Nö." Ein einziges Wort, das mich weiter anstachelt. Ich reibe mein Geschlecht an ihr, im Nu bin ich bereit und dringe in sie ein. Als ich mich in ihr bewege, zuckt sie kurz zusammen, bevor sie mit einsteigt. Sie krallt sich in meine Schulter und stößt einen Schrei aus. Ich löse mich von ihr und küsse sie sanft. Sie schmiegt sich an mich und schließt die Augen. Ich decke sie zu und höre auf ihr gleichmäßiges Atmen. Vorsichtig winde ich mich aus ihren Armen, angle nach meinen Shorts und trete auf den Balkon, wo ich mir eine Zigarette anzünde und den lauen Abend genieße. Der Blick auf meine schlafende Frau entlockt mir ein Strahlen. Mein neues Telefon brummt und ich öffne widerwillig die sms: „Hoffe, es geht dir gut. Tut mir leid- Olaf." „Idiot", denke ich und tippe schnell eine Antwort: „Danke, es geht." Manchmal kann man sich in Menschen täuschen-und dafür setzt man seine Ehe aufs Spiel. Ich sehe ein paar Meter weiter ein Feuerzeug aufflammen und kurz darauf steht Omar neben mir. Ich ziehe den Vorhang etwas vor, um meine nackte Frau vor seinen Blicken zu schützen, doch er zieht mich von unserer Tür weg. „Feierabendzigarette?", lächelt er. „Meine Frau mag das Laster nicht", grinse ich zurück. Er greift hinter sich und zieht eine Flasche Whisky hervor. „Alkohol? Du? Als Moslem?", ich schüttle den Kopf. „Nun ja, eigentlich verbietet es der Glaube, aber da ich ja mit einer Christin verheiratet bin. Unsere Söhne werden in beiden Glaubensrichtungen erzogen. Außerdem muss es manchmal sein. Wenn jemand kommt, behaupten wir einfach, er gehört dir", Omar zwinkert mir verschwörerisch zu. „Einverstanden." Er schenkt uns zwei Gläser ein, während ich einen weiteren Blick auf Jess werfe. Ich wäre gerne zurück, wenn sie aufwacht, doch sie schläft tief und fest. „Sag, mal Omar, warum sprichst du eigentlich so gut Deutsch?" „Danke. Der Liebe wegen. Kate hat Arabisch gelernt und ich Deutsch", erklärt er, „du hast gesagt, ihr seid fünf Jahre verheiratet, aber eure Tochter ist schon zwölf?" „Tja, ertappt, Vroni und Leon sind die Kinder aus meiner ersten Ehe. Aber deren Mutter ist Vergangenheit. Jess liebt die beiden, wie ihre eigenen." „Wow, nicht nur hübsch, auch noch ein großes Herz."Wir lachen nun beide und ich höre ein leises „William?" „Bin gleich bei dir, Liebling", ich drehe mich zu Omar um, „Sorry, ich muss ein Versprechen einlösen." Er lächelt verschwörerisch: „Viel Spaß." Ich kehre zu meiner Frau zurück und küsse sie stürmisch. „Zigarette? Alkohol?",murmelt sie. „Ja, mit unserem Gastgeber", antworte ich und beuge mich über sie.

-J-

„Mit Omar? Alkohol?", ich schüttle den Kopf, vergesse aber alles um mich herum, als er meine Brüste küsst. „Erinnerst du dich? Die ganze Nacht, Liebe meines Lebens", lächelt er und ich bin sofort wieder bereit. Sein Gesichtsausdruck zeigt, dass er weiß, wie viel Macht er über mich hat. Und er spielt sie auch aus, er dringt mit den Fingern in mich ein, bevor er ganz von mir Besitz ergreift. Er bewegt sich langsam in mir und mein Körper gehorcht mir nicht mehr. Er sinkt danach lächelnd neben mich: „Glaubst du mir nun?" Ich nicke. „Du hast gewonnen. Schaffst du es nochmal?" „Ja, würde ich, aber du willst doch morgen die Kinder begrüßen, oder?" „Mmh. Schwere Entscheidung." „Dein Ernst- Liebling?" Er wirkt kurz schockiert, während ich mir das Kichern verkneife. „Reingelegt! Ich liebe dich Schatz, aber nichts und niemand wird verhindern, dass ich meine Kinder in Empfang nehme." Ich lege meinen Kopf auf seine Brust und schlafe ein. Gegen 8:00 Uhr läutet der Wecker und ich fühle mich, als wäre ich unter eine Dampfwalze geraten. William lächelt ebenfalls etwas gequält. Omar stellt uns einen Wagen zur Verfügung, der uns zum Flughafen bringt. Nervös stehen wir am Terminal und ich kann es kaum erwarten, meine Schätze in die Arme zu schließen. Und kurz darauf schallt ein lautes „Mamaaa, Papaaa" durch das Terminal. Florian und Sophie kommen uns als Erstes entgegengeflogen. William stöhnt kurz auf, als er unseren Sohn durch die Luft schwenkt. Die drei Großen grinsen, wirken aber, wie

Mum, Dad und Raphaela etwas müde. Knopf schläft noch fast, aber sie strebt auf meinen Arm. Ich drücke meine Kleine an mich und lächle meine Eltern an. „Danke." Mum legt die Arme um William und drückt ihn kurz an sich: „Bist du in Ordnung Will? Du hast uns einen gehörigen Schrecken eingejagt." „Sorry Maria. Kommt nicht wieder vor", grinst er. „Na hoffentlich", murmelt Dad. Der Chauffeur bringt uns zurück in den Palast, wo Omar und Kate uns bereits mit Erfrischungen erwarten. Unsere Familie ist von der Umgebung genauso geflasht wie wir. Morgen kehren die Jungs aus dem Internat zurück und in den Palast wird Leben einkehren. Kate ist total begeistert von unseren Mädchen. Sie hat erzählt, dass sie gerne ein Mädchen gehabt hätte. „Ich gebe aber keines ab. Ich bin froh, dass ich unsere sechs wieder habe." Und als Knopf ausgeschlafen ist, lernt Kate unseren Sonnenschein richtig kennen. Und die Kleine zeigt keinerlei Scheu. „Du Prinzessin?", fragt sie. „So etwas in der Art", kichert Kate, „ und du bist?" „Knopf oder Viktoria- egal." William, der seine Kinder nach fast drei Monaten wieder sieht, ist überrascht, wie weit unsere Bande sich in der Zeit entwickelt hat. „Sag mal Knopf, bist du gewachsen?", fragt er. Ich lächle: „Ein bisschen." Und wie erwartet widerspricht die Kleine sofort: „Nicht bisschen. Bin groß." „Aber klar doch, Knopf." Ich fahre ihr durch den Lockenkopf. Sie ist die Einzige, die meine Locken geerbt hat und da kein Zopf lange hält, sieht sie immer leicht verwegen aus. Der stolze Vater zieht seine jüngste Tochter auf seinen Schoß. „Wow, wirklich. Ein großer Knopf." Wir kichern leise vor uns hin. „Aber, wer bist du eigentlich? Was hast du mit meiner Tochter gemacht?", grinst William Vroni an. „Oh Mann, Dad, ich bin fast 13", kommt es entrüstet von ihr. „Na ja, in vier Monaten", Leon ist eiskalt. „Blödmann!", mosert sie und ich werfe ihr einen strafenden Blick zu. „Sorry, Mum."

-W-

Oh Gott, wie habe ich das vermisst. Den Lärm, das Gekabbel und Knopfs Dickkopf. Mein Schwiegervater mustert mich: „Was?" Er räuspert sich: „Sorry, aber du siehst müde aus. Ist wirklich alles in Ordnung?" Ich nicke: „Mir geht es gut, wirklich. Die Nacht war nur etwas anstrengend." Ich lache auf, als ich Jess entsetztes Gesicht sehe. „William!", stößt sie hervor. Ich setzte meine Tochter ab und ziehe Jess zu mir: „Ist doch wahr." Sie küsst mich kurz und wirft einen kurzen Blick auf unsere Gastgeber. Omar legt den Arm um seine Frau und lacht ebenfalls: „Vor allem die Zigarette und der Whisky." „Oh Mann, ihr zwei", stöhnt Jess, „da haben sich zwei gefunden." Kurz darauf bringen wir die Kinder zu Bett. Sie haben entschieden, dass sich Leon und Alex, sowie Florian und Sophie ein Zimmer teilen, Knopf schläft bei Raphaela und Vroni hat ihr eigenes Reich. Sie holt, wie immer, ein Buch aus dem Koffer und beginnt zu lesen. „Schlaf gut, Große", lächele ich und kehre Arm in Arm mit meiner Frau zu den Erwachsenen zurück. „Wir hätten genügend Platz", meint Kate, „es hätte jeder ein eigenes Zimmer haben können." „Danke, das passt schon so", beruhige ich sie, „Unsere Zwerge teilen gern." Rolf und Maria sind ebenso begeistert

von der Natürlichkeit des Herrscherpaares.
„Danke, aber wenn unser ältester Morgen
kommt, sieht man, dass es auch anders
geht", Omars Stimme wird kälter, „vielleicht
helfen eure Kinder." „Unser Kronprinz wurde
wohl zu sehr verzogen", murmelt Kate. Jess
lächelt: „Da bin ich ja gespannt."Ihre Eltern
verabschieden sich kurz darauf und wir
Männer gönnen uns eine Zigarette und einen
Whisky. Omar sieht mich an: „Wie habt ihr
das gemacht?" „Ich habe daran nicht viel
Anteil, aber seit es Jessica in meinem Leben
gibt, funktioniert auch William der Familienvater. Ich war früher kein guter Familienvater", muss ich zugeben. „Dafür bist du jetzt
einer", klingt es von der Tür her und ich fahre
herum. Beide Frauen sind uns gefolgt und
haben mit zwei Gläsern Wein den letzten
Satz von mir mitbekommen. Ich lege den
Arm um ihre Schultern und küsse ihren
Lockenkopf. „Nur dank dir." „Ihr seid süß
zusammen", grinst Kate, „wie frisch verliebt."
„Wir sind fünf Jahre verheiratet", lächelt
meine Frau. „Leon würde sagen, vier Jahre
und elf Monate", pruste ich los. „Erbsen-

zähler", prustet Omar. Jess greift nach meinem Glas und nippt daran: „Mm, der ist gut und den trinkt ihr alleine?" Kate sieht einen Moment leicht geschockt aus, während Omar Jess ein Glas reicht. „Sicher nicht, willst du auch einen Schluck Darling?", reagiert Omar blitzschnell. Kate reagiert auf arabisch, sie scheint aber nicht begeistert. Meine Frau drückt mir verlegen das Glas in die Hand. „Sorry Kate." „Wie? Nein, ich war nur etwas überrumpelt. Normalerweise muss ich ihn ewig überreden, ein Glas Wein mit mir zu trinken. Und nun bietet er mir Whisky an?", murmelt sie, „er wird westlicher, als ich dachte. Eigentlich gut, aber warum heimlich? Es tut dem Land doch gut. Teilen wir uns das Glas?" Jess nickt, wir trinken unsere Gläser aus und verschwinden kurz darauf in unsere Räume. Für Zärtlichkeiten fehlt uns die Kraft. Ich schließe sie in die Arme und wir schlafen beide tief und fest. Am nächsten Tag verschwinden Kate und Jess in der Küche und bereiten den Apfelstrudel zu. Maria und Raphaela kümmern sich um die Kinder.

Der Thronfolger

-J-

Wir kehren mit vier dampfenden Blechen zurück und Omar sieht gierig darauf. „Hast du gut aufgepasst, Darling?", fragt er Kate, die nickt. „Wir essen - jetzt!", kommt es von unserer jüngsten Tochter, die blitzschnell auf den Stuhl klettert. Ich sehe sie mahnend an, doch Kate zerstört mit einem Lachen meine Erziehungsversuche: „Bevor Knopf verhungert, muss wohl probiert werden." Mitten unter dem Essen öffnet sich die Tür und zwei Jungs stürmen herein. „Luca und Nael, unsere zwei Kleinen", stellt Omar sie vor; „Ya shabab, ladayna zuwwar min almania." Der zehnjährige Luca lächelt und begrüßt uns in perfektem Deutsch: „Herzlich willkommen. Es freut mich, sie kennenzulernen." Der achtjährige Nael nickt freundlich. Unsere Jungs sind begeistert, neue Spielkameraden zu finden. Die vier ziehen kurz darauf ab. Zwei Stunden später erscheinen die älteren Söhne. Der 14- jährige Kerem ist ebenso freundlich, doch der „Kronprinz" Mohammed spielt seine Rolle voll aus. „Prinz Mohammed" stellt er sich vor und mustert Vroni ungeniert. William ist sofort auf der Hut, doch unsere Große meistert die Angelegenheit souverän. „Veronika Mona Karl eure Hoheit", säuselt sie. Omar verschluckt sich beinahe an seinem Tee, doch Vroni ist noch nicht fertig. „Und absolut nicht interessiert!" Ich verberge meine Begeisterung hinter der Serviette. Mohammed ist sprachlos, er dreht sich um und verlässt den Raum. „Super Veronika. Das hat er gebraucht", kichert Omar, „vielleicht beginnt er irgendwann mal zu denken." „La takun sebana, lasna àbria`minh", lächelt Kate ihren Mann an und als sie unsere fragenden Blicke bemerkt, übersetzt sie, „sei nicht so hart, wir sind daran nicht unschuldig." Omars Blick wird hart: „Vor allem mein Vater!" Kate legt den Arm um ihn: „Vergiss es, irgendwann wird er es merken. Hoffentlich." Wir verlegen unseren Standort in den Garten, um den Kindern beim Spielen zuzusehen. Vroni holt sich ein Buch, setzt sich in eine Rosenecke und taucht in ihre eigene Welt ab. Ich lächle und versuche wieder einmal, Knopfs Mähne zu bändigen. Sie sträubt sich und ich stecke die Haargummis weg. Aus den Augenwinkeln sehe ich, wie Mohammed sich Vroni nähert. Sie rückt von ihm ab, doch er scheint sich für unwiderstehlich zu halten. Vroni sieht genervt aus und ich überlege gerade, eines der Geschwister zu ihr zu schicken. Doch sie hat die Sache weiterhin im Griff. „Ich habe kein Interesse. NEIN heißt NEIN. Also lass mich in Ruhe."Sie springt auf und kommt zu uns: „So ein Honk. Hält sich für unwiderstehlich und ist so etwas von überheblich. Prinz Mohammed, da lach ich doch. Er ist da doch hineingeboren worden. Da könnte ich mir ja auch was darauf einbilden, dass mein Vater Will Karl ist." Sie ist richtig wütend. „Hey Maus, beruhige dich. Er wurde von außen zu dem gemacht, der er ist." Sie schüttelt den Kopf: „Wie kann jemand wie Omar und Kate so einen Sohn haben?" „Danke für das Kompliment. Aber die Erziehung des Erst-geborenen untersteht dem Sultan. Und mein Vater war ein Despot, der es mir übelgenommen hat, dass ich eine Europäerin geheiratet habe. Und diesen Einfluss kann man schwer austreiben." „Aber er ist 16, denkt man da nicht mal nach?", unsere Große ist unnachgiebig. „Offensichtlich nicht", Kates gute Laune ist wie weggeblasen. Ich ziehe die Freundin aus der Gruppe und frage sie: „Bist du ok, Kate?" Sie nickt, fügt aber hinzu: „Er lehnt mich ab- immer schon. Ich komme nicht an ihn ran. Sein Großvater hat ihn völlig verdorben. Ich weiß, man sollte so etwas nicht sagen, aber ich war froh, als mein Schwiegervater vor drei Jahren starb. Aber seitdem ist Mohammed noch reservierter und ..." „Arroganter", füge ich hinzu, „aber die drei Anderen sind doch wirklich nett." „Die durften auch wir erziehen", Kate klingt frustriert, „aber Mohammed wird einmal das Land regieren. Und wieder zurück ins Mittelalter führen." „Nun, immerhin hat er ein Auge auf unsere Tochter geworfen. Vielleicht wird er noch." Omar nähert sich uns und legt den Arm um seine Frau: „Ich werde mit ihm reden, Darling. Ist Vroni in Ordnung?" „Vroni ist tough. Die wird mit ihm schon fertig", lächle ich.

-W-

Beim Abendessen zeigt sich die Ablehnung Mohammeds seiner Mutter gegenüber deutlich. Und in Vroni brodelt es. Als Mohammed auf Kate nicht reagiert, platzt es aus ihr heraus: „Sie ist deine Mutter! Noch nichts davon gehört, dass man seine Eltern mit Respekt behandeln soll?" Ich will meine Tochter gerade bremsen, doch Omar schüttelt den Kopf. Wir verfolgen also gebannt die Auseinandersetzung. „Wer hat dir erlaubt, so mit mir zu sprechen?", der Kronprinz wirkt erstaunt. „Dafür brauche ich keine Erlaubnis. Ich wurde so erzogen, zu sagen, was ich denke. Und ich denke, du bist ein verzogener Snob. Wenn es deine Mutter nicht gäbe, wärst du auch nicht. Ich persönlich finde, das wäre, was dich betrifft kein Verlust", sie holt tief Luft. „Das muss ich mir nicht bieten lassen", er springt auf, „Ich bin Prinz Mohammed." „Setz dich wieder hin- ajlis!! Veronika hat Recht, du wirst dein Verhalten deiner Mutter gegenüber ändern", Omar ist wütend. „Und du lässt unseren Gast in Ruhe. Ich werde dein Verhalten nicht mehr durchgehen lassen." „Großvater hatte Recht, du bist ein Weichei." Omar hat nun endgültig genug: „Geh mir aus den Augen-'akhraj min eayni", brüllt er los, „bevor ich meine Stellung vergesse." Raphaela hat bei Vronis Ausbruch die Kinder bereits aus der Schusslinie gebracht und Kates jüngere Söhne mitgenommen. Kerem sieht zwischen seinem Bruder und seinem Vater hin und her. Mohammed springt nun auf: „Keine Angst, ich gehe schon." Und weg ist er. „Es tut mir leid", höre ich meine Tochter. „Das muss es nicht", Kate versucht ein Lächeln, „das hätte schon früher geschehen sollen." Omar verlässt den Tisch nun ebenfalls und ich folge ihm. „Kate hat Recht, ich liebe sie, aber ich hätte mich viel früher auf ihre Seite stellen sollen- öffentlich meine ich. Also gegen meinen Vater", seine Stimme klingt verzweifelt, „Ich sehe meine Söhne sehr selten und lasse ihnen zu viel durchgehen. Und immer, wenn Mohammed das Haus betritt, kriselt es zwischen mir und Kate." „Und dann kommt eine Zwölfjährige und spricht aus, was du denkst?", frage ich leise. „Mmh." „Du solltest mit Kate reden. Jess will immer hören, dass sie wichtig ist", murmle ich. Omar holt tief Luft: „Das sage ich jetzt nur dir- ohne Kate hätte ich das Amt des Sultans niemals angetreten. Also habe ich meinen Vater erpresst und er hatte mich in der Hand. Ich musste Mohammeds Erziehung in seine Hände geben. Kates Verzweiflung habe ich dabei ignoriert. Als Kerem geboren wurde, wurde es besser. Du hast gesehen, wie sehr Mohammed seine Mutter ablehnt und wie sehr sie darunter leidet. Das will ich nicht – ich liebe sie über alles. Wenn ich euch beide sehe, wird mir bewusst, was fehlt." „Wir haben auch unsere Krisen, manchmal verletze ich sie unbewusst. Aber durch einige unschöne Ereignisse sind wir uns Gott sei Dank immer wieder näher gekommen. Sprich mit deiner Frau, Omar, sag ihr, was du fühlst", versuche ich, den Freund aufzubauen, „ ich hol sie dir." Ich drehe mich um und hole Kate. Als sie auf dem Weg zu ihm ist, setze ich mich zu meiner Frau und den Schwiegereltern. Vroni und Kerem sind ins

Gespräch vertieft. Ihre Ansprache hat großen Eindruck bei dem Jungen hinterlassen.

Was ist los mit ihm?

-J-

Kate hat so verzweifelt ausgesehen. Und Omar? Warum lässt er zu, dass der Sohn so mit der Mutter umgeht? William sieht nach dem Gespräch nachdenklich aus. Was hat Omar ihm erzählt? Ich sehe ihn fragend an und er schüttelt den Kopf. Sein Kuss ist flüchtig und er greift nach einer weiteren Zigarette. Nun runzle ich die Stirn, lasse ihn aber gewähren, und schiebe ihm mein Weinglas zu. Er nimmt einen großen Schluck, bevor er die Zigarette anzündet. Dabei arbeitet sein Kiefermuskel und er spricht kein Wort. „Lass uns die Kleinen ins Bett bringen", schlage ich vor und halte ihm die Hand hin. Er nickt und Hand in Hand gehen wir zu den Zimmern. Vroni sieht ihren Vater fragend an. „Alles gut Maus", antworte ich und wieder nickt er nur. Also dränge ich ihn in unser Zimmer. „Also gut – was ist los?" „Was? Ich kann es dir nicht erzählen, ich habe es versprochen", murmelt er, „bitte, Liebling." „Gut, einverstanden. Und nun?", ich lege die Hand auf seinen Kiefermuskel, „Willst du weiter grübeln?" Er zieht mich in seine Arme. „Liebe mich, Liebling, dann komme ich eventuell auf andere Gedanken. Bitte."Ich küsse ihn zärtlich, aber er greift eher verzweifelt nach meinem Kleid, zieht es mir mit einem Ruck über den Kopf, wirft mich aufs Bett und dringt hart in mich ein. Ein scharfer Schmerz durchfährt mich und ich spüre, wie er kommt. Er löst sich sofort danach von mir und ich drehe mich von ihm weg, um die Tränen zu verbergen. Er scheint von weit her zu kommen, als er hervorstößt: „ Verdammt, es tut mir leid Liebling. So wollte ich es nicht. Habe ich dich verletzt?" Ich überlege kurz, zu lügen, nicke aber dann doch und flüchte regelrecht aus dem Bett und atme auf dem Balkon stehend, tief ein. Die Tränen laufen nun ungehemmt. Er ist noch nie in mich eingedrungen, ohne dass ich bereit war. Ich spüre ihn näherkommen und lasse zu, dass er die Arme um mich legt. „Verzeih mir Liebling, bitte", flüstert er, „Ich wollte nicht ..." Ich lehne mich an ihn, schweige aber immer noch, nur das Schniefen verrät mich. Er wirkt, wieder einmal überfordert. „Mach das nie wieder", ich hole alles Mögliche aus meiner Stimme heraus, „ das hat mit Liebe nichts zu tun." „Ich weiß" , presst er hervor, „ich wollte dir nicht wehtun." „Du hast dabei nur an DICH gedacht", meine Stimme bricht. Er tritt vor mich und zwingt mich, ihn anzusehen. Sanft streicht er mir die Tränen von der Wange. „Ich bin ein Arsch, ich weiß", er ist kaum zu hören, „ich mach es wieder gut, wenn du mich lässt." „Ich schlafe heute nicht mit dir", bestimme ich, „ich muss das erst verarbeiten." Er nickt, küsst mich kurz auf den Scheitel und entfernt sich. Als er schon fast in unserem Zimmer ist, löse ich mich aus der Erstarrung. „Schatz? Bitte rede mit mir." Er sieht mich an, in seinem Blick zeigt sich deutlich sein innerer Konflikt. „Ich kann nicht. Ich habe es Omar versprochen." „Na dann ..." „Jessica, bitte. Wenn ich es dir erzähle, musst du es für dich behalten." Ich nicke und lasse mich ins Zimmer ziehen.

-W-

Oh Mann, Will - was war das denn? Du nimmst sie mit roher Gewalt? Geht´s noch? Ich ziehe sie zum Bett und fange leise an zu reden und je mehr ich erzähle, desto weicher wird ihr Blick. „Aber das rechtfertigt meine Tat nicht", murmle ich verzweifelt. Sie beginnt zu lächeln:„Alles gut, aber ..." „Ich verspreche es, Liebling. Ich weiß nicht, warum mich das so beschäftigt." „Und Kate hat keine Ahnung?" „Ich glaube nicht. Kannst du dir das vorstellen?" „Eine Ehe auf einer Lüge aufbauen? Ich glaube nicht", meine geliebte Ehefrau klingt total geschockt. Sie lässt es zu, dass ich sie vorsichtig küsse. Als sie meinen Kuss erwidert, werde ich mutiger, lege meine Hand auf ihre Brust und streiche sanft darüber. Die Knospen zeichnen sich sofort unter dem Shirt ab. Ich nehme die andere Brust zwischen die Zähne und beiße sanft zu. Sie stöhnt auf und als ich mit der freien Hand über ihren Bauch nach unten streiche, biegt sie sich mir entgegen. „Liebling?" Sie nickt und ich dringe mit dem Finger in sie ein, langsam und vorsichtig führe ich sie zum Höhepunkt. „So viel zum Thema, ich schlafe heute Nacht nicht mit dir", flüstert sie in meinen Armen. „Mehr gibt es auch nicht", meine Laune steigt. Gerade noch einmal die Kurve bekommen, Will Karl. „Soll ich darum betteln?", grinst sie. „Liebling, ich kann nicht. Morgen wieder ok?"Sie nickt und schläft kurz darauf dicht an mich gepresst ein. Ich streiche ihr eine Haarsträhne aus dem Gesicht, die Tränenspuren sind noch deutlich zu sehen. Hoffentlich ist ein paar Zimmer weiter ebenfalls alles in Ordnung. Am Morgen ziehe ich Jess näher an mich heran. Sie küsst mich stürmisch, ich streichle über ihren flachen Bauch und arbeite mich langsam in Richtung ihrer Brüste. Sie drängt sich mir entgegen. „Wir haben Zeit, Liebling. Es ist erst 6:00 Uhr", lächle ich. Sie greift in meinen Schritt und hält mich fest. Mein Verlangen steigt ins Unermessliche, aber sie ist noch nicht bereit. Ich küsse ihre Brüste, ihren Bauch und ihren Schoß. „Schatz?" „Gleich Liebling." Vorsichtig dringe ich in sie ein und steuere uns erst langsam, dann immer schneller dem Höhepunkt entgegen. Eng umschlungen warte ich, bis sie sich wieder einigermaßen beruhigt hat. Ich sehe sie an: „Bist du in Ordnung, Liebling?" Sie küsst mich zärtlich: „Ja schon, hoffentlich ist ein paar Zimmer weiter auch alles gut." „Hoffe ich auch, aber Omar liebt sie und das weiß Kate auch." Gegen 8:00 Uhr höre ich die Stimmen unserer Kinder vor der Tür. „Aber er hat es versprochen!", Alex nervt anscheinend seine Geschwister. „Sie schlafen sicher noch", bremst Leon den Rest. Ich werfe die Decke gerade noch rechtzeitig über meine nackte Frau und schon klopft es. „Herein", murmle ich und küsse Jess wach. Die Kinderschar stürzt herein und wird von der Mutter, die die Decke festhält, lächelnd empfangen.

Kates Geschichte

-J-

„Was, schon fertig? Dann sollten Dad und ich wohl aufstehen", grinse ich. „Schwimmen gehen!", fordert Knopf, „JETZT!!" „Erst frühstücken", lächelt der Vater, „ab mit euch, wir sind in fünfzehn Minuten unten." Gemeinsam verschwinden wir im Bad und treffen kurz darauf auf unsere Gastgeber und drei Söhne. Kates Nacht war wohl nicht die Beste. „Willst du darüber reden?", frage ich und bekomme ein „später" zur Antwort. Nach dem Frühstück versammeln wir uns alle um den, von Palmen umsäumten Pool. Williams Miene ist ernst, als er sich ins Wasser gleiten lässt. Hat er den Unfall wirklich verdaut? Als ihn eine Fontäne trifft, ist die Antwort klar. Er flüchtet regelrecht aus dem Becken und hinterlässt fragende Blicke. Dad übernimmt seinen Part, während ich ihm folge. „Alles gut?" Er zwingt sich ein Lächeln ab. „Ich habe den Unfall wohl noch nicht ganz überwunden. Aber das wird schon." „Mach dir keinen Stress. Hast du schon mit Omar geredet?" „Nein, er ist mit Regierungsgeschäften beschäftigt. Du mit Kate?" „Nein, mach ich gleich."Ich setze ich neben Kate auf die Treppen des Pools. „Ist er in Ordnung?", fragt sie, während William in den Pool zurückkehrt. Ich nicke und will leise wissen: „ Und du? Alles gut zwischen euch?" Sie sieht mich eine Zeitlang an, als müsste sie die Worte abwägen. „Wie viel weißt du?", ihre Stimme bricht. „Das, was Omar William erzählt hat", murmle ich. Sie holt tief Luft: „Er hat mich 16 Jahre belogen und mir meinen Sohn genommen. Was soll daran gut sein?"

„Kate, Omar liebt dich und er wollte, dass du seine Frau wirst. Ich weiß nicht, was für ein Mensch dein Schwiegervater war, aber es war offensichtlich der einzige Weg um ihn zu überzeugen", Gott, klingt das lahm. „Ich wusste, dass das Gesetz geändert wurde, als ich Omars Frau wurde. Der Harem wurde aufgelöst und die Ehe zu einer Christin wurde vom Parlament genehmigt. Warum hat er zugelassen, dass der Despot meinen Sohn in die Finger bekommt? Und warum hat er sechzehn Jahre nichts dagegen getan? Spätestens als er vor sechs Jahren das Amt angenommen hat, hätte er ihm Mohammed entziehen können." „Mohammed will doch auch nichts von seinem Vater. Aber die drei anderen sind doch toll geraten und sie brauchen euch. Und das Land auch."

„DAS LAND – und was ist mit mir? Ich habe für diese Ehe alles aufgegeben. Nicht nur mein Leben wie du, sondern auch meine

Eltern und meine komplette Familie. Ich habe seit meiner Entscheidung, Omar zu heiraten keinen Kontakt mehr zu meinen Eltern. Sie haben mich aus ihrem Leben gestrichen und ich war mit neunzehn Jahren völlig allein. Mein kleiner Bruder war zehn Jahre alt und ich war nicht mehr da. So alt wie Luca jetzt. Ich vermisse ihn und meine Eltern ...", Kate stockt. „Warum rufst du sie nicht an? Dein Bruder ist doch nun auch schon 27, also erwachsen", erwidere ich. „Die heben nicht ab, wenn der Anruf von hier kommt- verstehst du Jessica, ich habe nur Omar und die Jungs. Ich liebe Omar mehr als mein Leben und das Schlimmste ist, dass ich Mohammed genauso liebe wie seine Brüder. Seine Ablehnung schmerzt, aber es lindert die Liebe nicht." Ich bemerke eine Bewegung hinter ihr und sehe Mohammed davon stürmen. Kurz darauf lässt sich Omar neben uns im Pool nieder und ich entferne mich. Als ich ums Eck biege, sehe ich Mohammed im Gespräch mit Vroni. „Hast du kein eigenes?" „Doch, aber da erscheint die Nummer aus dem Oman. Da gehen meine Großeltern sicher nicht ran." Ich lächle ihn an: „Hier, nimm meines. Hast du die Nummer?" Er zieht einen vergilbten Brief aus der Tasche und hält ihn mir hin. Ich wähle und drücke ihm mein Handy in die Hand. „Frau Huber? Guten Abend. Mein Name ist Mohammed. Ich bin ihr Enkel - nein, bitte nicht auflegen – nein, meine Mama weiß davon nichts – aber sie würde sie gerne sehen – warum sehen sie sich ihr Leben nicht einfach an – sind sie nicht neugierig auf ihre vier Enkelsöhne? – Sie könnten morgen fliegen, die Tickets liegen am Flughafen – bitte überlegen sie es sich." Er atmet tief ein. „Danke. Bitte verzeihen sie mir mein Verhalten. Ich bin ...","Ein Idiot", lächelt Vroni, „aber offensichtlich kein Eisblock." „Ja, richtig", der Kronprinz lächelt nun ebenfalls, was die Ähnlichkeit mit seinem Vater unterstreicht, „Ich weiß, du denkst, ich würde meine Mutter nicht lieben. Aber ich dachte, es wäre andersherum. Sie haben mich in die Hände meines Großvaters gegeben. Ich habe den Grund gestern zufällig gehört." „Du hast gelauscht?", ich schüttle den Kopf. „So könnte man es auch

nennen", endlich wirkt er wie ein sechzehn-
jähriger junger Mann, „Jessica darf ich sie
etwas fragen?" Ich lächle ihn an: „Sicher
doch. Was kann ich für dich tun?" „Sollten
meine Großeltern morgen wirklich kommen,
dann sollte es für meine Mutter etwas
Besonderes sein." „Ich helfe dir, aber du solltest deinen Vater einweihen. Hoffen wir, dass
er die Sache wieder hinbiegen kann." „Ich bin
schuld, wenn das schiefgeht", er sieht so
unglücklich aus, dass ich ihn reflexartig in die
Arme nehme.

-W-

Was soll das denn werden? Meine Frau und
meine Tochter im Gespräch mit Mohammed.
Aber bevor ich der Sache nachgehen kann,
kommt Omar lächelnd auf mich zu. „Wenn
ich dein Lächeln richtig deute, ist bei euch
wieder alles in Ordnung", grinse ich. „Ja, fast.
Nun müssen wir nur noch das Verhältnis zu
Mohammed hinbekommen und nach
Deutschland reisen zu ihren Eltern." Er
strahlt, doch das Lächeln wird eisig, als er
seinen Sohn um die Ecke biegen sieht. „Ar-
det an utzar lek ya abbe - ich wollte mich bei

dir entschuldigen Vater", murmelt der Junge und Omars Blick zeigt seine Verwunderung deutlich. Vroni und Jess kommen ebenfalls hinzu und meine Tochter lächelt den „Snob" an: „Und war das so schwer?" Er schüttelt den Kopf. „Na siehst du, komm, wir haben eine Menge zu tun", spricht sie und zieht den Thronfolger mit sich. Omar und ich sehen meine Frau fragend an, doch sie zuckt nur mit den Schultern. Als ihr Telefon klingelt, sieht sie kurz auf das Display und wendet sich dann ab. Ich lausche gespannt, doch sie spricht zu leise. „Karl – ja, er hat mit meinem Handy telefoniert- nein eine Freundin von Kate- das ist ja toll! Schönen Abend,"aus den Gesprächsfetzen werden wir nicht schlau. Sie legt auf, küsst mich strahlend und tätigt einen Anruf. „Es klappt, gut, bis gleich. Ich bringe ihn mit." „Jess?" „Können wir uns in zehn Minuten in Vronis Zimmer treffen? Omar, dich brauchen wir auch, bitte." „Gut, aber darf ich mehr wissen?", fragt der Freund. „In zehn Minuten, bitte. Aber seht zu, dass sonst niemand etwas davon mitbe-kommt." Wir nicken beide und ich ziehe meine Frau an mich: „Was hast du vor, Liebling?" „Überraschung", flüstert sie und eilt davon. „Ich habe keine Ahnung, was das soll", füge ich, an den Freund gewandt hinzu. „Hast du gehört, er hat sich entschuldigt", grübelt Omar, „das hat er noch nie gemacht." Wir begeben uns auf den Weg zu Vronis Zimmer, wo außer meinen beiden „Mädels" auch Mohammed auf dem Bett sitzt. Dieser nickt seinem Vater schüchtern lächelnd zu, bevor er leise zu reden beginnt. Jess legt ihm die Hand auf die Schulter und er entspannt sich. „Dad, wir brauchen deine Hilfe. Ich weiß, dass ich mich wie ein Idiot aufgeführt habe. Ich kann das leider nicht mehr rückgängig machen, aber ich kann versuchen, mich zu ändern. Vroni wird mir dabei helfen. Mit meinem Verhältnis zu Mum will ich anfangen. Ich habe eine Überraschung für sie geplant, aber dafür brauche ich morgen den Chauffeur und bis 20:00 Uhr sturmfrei. Kannst du Mum irgendwie hier weglocken? Und gegen 20:00 Uhr zurückkommen?" Omar sieht seinen Sohn an: „Können würde ich schon, aber ich weiß nicht, ob ich das will. Sagst du mir, was du vorhast?" Mohammed sieht hilfesuchend zu meiner Frau. Jessica lächelt und übernimmt das Ruder.

Familienzusammenführung

-J-

„Ach Omar. Lass dich doch überraschen. Aber es ist nichts Schlimmes. Ich überwache das alles", lächle ich. Omar ist nicht überzeugt. Also müssen wir wohl die Karten auf den Tisch legen. „Na gut. Also ... Mohammed hat Kates Eltern angerufen und die kommen morgen.."Omar zieht seinen Sohn an sich: „Du hast was? Eine tolle Idee. Deine Mutter wird sich freuen. Hast du damit zu tun?", fragt er in meine Richtung. Ich schüttle den Kopf: „Nein, dafür ist Mohammed verantwortlich. Mohammed du solltest dich auch bei deiner Mutter entschuldigen." Er nickt: „Mach ich noch. Hilfst du mir Vater? Bitte."Omar denkt kurz nach: „Was hast du mit meinem Ältesten gemacht?" Dieser lächelt schüchtern: „Der hat begonnen zu denken. Und er hat gelauscht. Ich weiß nun, dass ihr mich nie abgelehnt habt, wie es Großvater immer behauptet hat. Und Vroni hat Recht, ich bin ein Snob, aber sie will mir helfen, mich zu ändern." Omar nimmt seinen Sohn erneut in die Arme. „Gut, ich helfe dir. Aber nur, wenn du heute noch mit deiner Mutter sprichst." „Pff, gut, ich rede mit ihr", flüstert der Junge. Wir lösen die Versammlung auf und kehren zu den anderen zurück. Ich verspreche Mohammed, ihm seine Mutter zu bringen, so ziehe ich Kate aus der Gruppe und als sie mich verwundert ansieht, lächle ich: „Jemand will mit dir reden, hör ihm einfach zu, bitte." Mohammed steht schüchtern in einer Gartenecke und hält eine Rose in der Hand: „Ana asif ya´uni (es tut mir leid Mutter)". Kate sieht mich fragend an. „Bitte!", fordere ich, bevor ich sie allein lasse. Zurück bei der Gruppe lächle ich in Richtung Omar, der tief Luft holt: „Warten wir es ab. Habt ihr Lust, morgen eine Wüstentour zu machen? Und würdest du Rolf, meinen Sohn zum Flughafen begleiten?"

-W-

Ich sehe meine Frau an, die begeistert nickt. Gespannt warten wir auf Kates Rückkehr. Sie kommt langsam näher und in ihrem Gesicht spiegelt sich die Mischung aus Verwunderung und Freude. „Alles ok, Darling?", fragt Omar sie. Kate zuckt die Schultern. „Ich habe Will und Jessy morgen zu einem Trip in die Wüste eingeladen. Ist das in Ordnung? Oder hast du etwas vor?", hakt der Sultan nach. „Das wird sicher lustig. Wann wollen wir starten?", lächelt sie nun, bevor Omar und sie sich entfernen. Auch ich halte meiner Frau die Hand hin: „Lust auf einen Spaziergang?" „Mmh. Und auf andere Dinge auch", grinst Jess zurück, „Ist das in Ordnung, Raphaela?" Unser Kindermädchen nickt und nimmt Jess Knopf ab. Arm in Arm bummeln wir los, jeder in seine eigenen Gedanken versunken. Ich ziehe sie näher an mich heran und sie lehnt sich an mich. „Was denkst du, Liebling?", murmle ich in ihr Haar. „An morgen bzw. an Kates Eltern. Wenn ich mir vorstelle, meine Eltern waren von dir auch nicht gerade begeistert, aber sich von mir abwenden, kam nie in Frage. Allein die Entscheidung verlangen, ist ja hammermäßig", flüstert sie. „Ich hätte nie zugelassen, dass du zwischen mir und deinen Eltern hättest wählen müssen", ich küsse sie in den Nacken, „deine Eltern aber auch nicht. Gut, es mag etwas anderes sein, wenn das Kind in eine völlig andere Kultur einheiratet." „Ja vielleicht",sie klingt nicht überzeugt, „aber trotzdem. Ich kann es mir bei unseren Kindern auch nicht vorstellen." Der Schatten auf ihrem Gesicht weicht nun, endlich, einem Lächeln. „Meine Prinzessinnen bekommt so schnell keiner", stöhne ich auf und lächle ebenfalls. Ich küsse sie sanft und halte sie fest in meinen Armen. „Auch wenn Vroni und Mohammed sich jetzt verstehen?", stichelt sie. „Sie ist knapp 13, noch ein Kind", begehre ich auf, den Schalk in ihrem Nacken bemerkend. Sie grinst nur und wir bummeln zurück zur Familie. Da Omar morgen zeitig aufbrechen will, schicken wir die Kinder früh in ihre Betten. Wir treffen zeitgleich mit dem anderen Paar auf der Terrasse ein. Kates Strahlen ist ebenfalls zurück. „Vroni hat einen guten Einfluss auf Mohammed – wir haben endlich miteinander gesprochen. Er würde Vroni morgen gerne sein Leben zeigen, wenn das für euch in Ordnung ist." Jess sieht mich an und drückt kurz meine Hand. Ich sehe sie an und nicke. Rolf, der inzwischen ebenfalls eingeweiht ist, fügt hinzu: „Ich muss einige Telefonate führen und bleibe auch hier. Du musst dir keine Sorgen machen, Will." Der Versuch, ein gequältes Lächeln aufzusetzen, misslingt, völlig. Ich sehe, wie meine Frau mühsam versucht, sich das Grinsen zu verkneifen. „Autsch", ruft sie aus, als ich sie kneife. Meine Schwiegermutter kichert ebenfalls und kurz darauf fallen, Kate, Omar und Rolf mit ein. „Ich finde es nicht witzig", murmle ich. „Wir schon", prustet Maria, „sie ist 12." Jess sieht mich an: „Du bist doch kein Helikoptervater, oder?" Nun muss ich selber lachen: „Anscheinend doch."

-J-

Am frühen Morgen sind wir startklar und bekommen nun das erste Mal mit, was für ein Aufwand betrieben wird, wenn das Herrscherpaar einen Ausflug macht. Und es zeigt, wie sehr Omar seine Frau liebt. Die Leibwächter bewachen die gesamte Gruppe, erst als wir gegen Mittag eine Oase erreichen, entspannt sich die Situation etwas. Die Nomaden heißen uns herzlich willkommen und wir genießen das dargereichte Mahl auf dem Boden sitzend. Nach dem Essen dürfen die Kinder auf Kamelen und Eseln reiten, während wir mit Tee ausgestattet, zusehen. Hier, mitten in der Wüste fällt der kulturelle Unterschied deutlicher auf. Am späten Nachmittag fahren wir langsam zurück zum Palast, wo wir gegen 20:30 Uhr ankommen. Omars Nervosität steigt, je näher wir seinem Zuhause kommen. Die Limousine steht bereits in der Einfahrt und Mohammed und Vroni erwarten uns. Der Junge lächelt kurz in unsere Richtung und wendet sich dann an seine Eltern: „Ich habe für die Erwachsenen eine Erfrischung in den Salon bringen lassen." „Wir bringen kurz die Kinder ins Bett und kommen dann nach", lächle ich, doch Mum und Raphaela sind dagegen und übernehmen die Aufgabe, so dass wir die

Freunde begleiten können. Omar öffnet die Tür und schiebt, gegen jedes Protokoll seine Frau hinein. Kate stößt einen kurzen Schrei aus, als sie die Personen erkennt. „Gut gemacht, Sohn", grinst Omar. „Mum, Dad", stottert Kate und bewegt sich langsam auf ihre Eltern zu. Der Gesichtsausdruck ihres Vaters ist unbeteiligt, so dass sie mitten in der Bewegung innehält. Omar tritt schnell an ihre Seite und legt den Arm um ihre Schultern. „Willkommen bei uns im Oman. Ich bin Omar, ihr Schwiegersohn." „Niemals!", stößt der ältere Herr hervor, und an seine Frau gewandt, „das war ein Fehler, kommst du!" „NEIN! Du hast mich 17 Jahre lang von meiner Tochter ferngehalten. Du kannst gehen, wenn du willst, aber ich will meinen Schwiegersohn und meine Enkelsöhne kennenlernen", presst ihre Mutter hervor und sieht zu, wie ihr Mann den Raum verlässt. Dad folgt ihm. Kate ist blass geworden. „Das ist jetzt nicht wahr, oder?", flüstert sie. Omar verstärkt seinen Griff. „Hallo Tochter", ihre Mutter streckt ihre Arme aus und Kate stürzt sich hinein. „Holst du bitte die Jungs,

Mohammed", Omar atmet schwer. „Ich geh schon", murmelt William und wendet sich zur Tür. Als er mit den drei jüngeren Söhnen zurückkommt, hat sich die Situation entspannt und Franziska sitzt zwischen Tochter und Schwiegersohn. Wir anderen verlassen diskret den Raum. Auf dem Weg zu unserem Zimmer kommen wir an den zwei diskutierenden Vätern vorbei. „Will, warte", hören wir Dad und bleiben stehen. „Mein Schwiegersohn, ein ehemaliger Fußballtorwart, auch nicht unbedingt das, was ich mir für meine Tochter gewünscht hätte, aber sie wollte ihn haben und sie sind glücklich. Und nachdem wir einander kennengelernt haben, würde ich ihn nicht mehr hergeben." „Na danke", murmelt William, „Sehr schmeichelhaft." „Sorry, aber es ist doch wahr. Omar ist ein netter Kerl und sie sollten ihn kennenlernen, wenn sie ihn dann immer noch ablehnen, dann ...", meinem, sonst so wortgewandten Vater fehlen die Worte. „Sie hat sich gegen die Familie entschieden", stößt ihr Vater hervor, „um einen Wilden zu heiraten." „Was? Sie hat sich verliebt. Und sie haben sie gezwungen zu wählen! Sorry Dad, du weißt, ich liebe dich, aber ich hätte mich auch für die Liebe entschieden. Und ich liebe dich umso mehr, dass du mich, trotz aller Vorbehalte, nicht gezwungen hast zu wählen." Ich küsse meinen Vater auf die Wange. „Ja, ich auch", pflichtet William mir bei, „dafür, dass du mich in die Familie aufgenommen hast."„Aber ich mach dir immer noch die Hölle heiß, wenn du Mist baust", grinst Dad zurück und Will fügt ein „Einverstanden" hinzu. Wir schließen die Tür unseres Zimmers und William sieht mich schweigend an.

Verfallen?

-W-

Sie steht mit ernstem Gesicht vor mir. Was geht in ihr vor? Hätte sie sich wirklich gegen ihren Vater gestellt? Ich rufe mir meinen Antrittsbesuch als „guter Freund" in Erinnerung. Sie hat mich damals verteidigt, da mein Schwiegervater von mir als Mensch nicht begeistert gewesen war. Rolf hat den Sprung vom Freund zum Geliebten nie thematisiert. Was hätte ich getan, wenn er dagegen gewesen wäre? Hätte ich auf sie verzichtet? Und was werde ich tun, wenn eine meiner Töchter irgendwann einmal einen Partner hat, der mir nicht gefällt? Ich schüttle den Gedanken ab, als ich Jess ansehe und ihr Stirnrunzeln bemerke. Sie fährt mit ihren Fingerspitzen über meinen arbeitenden Kiefermuskel. „Woran denkst du Schatz?", fragt sie leise. Ich küsse sie sanft. „Ich brauche eine Zigarettenlänge für mich, Liebling. Ich liebe dich."Sie lächelt und verschwindet im Bad. Ich lehne mich an die Brüstung und atme den Rauch tief ein. Ich habe mir nie Gedanken darüber gemacht, was sie mit dem „goldenen Käfig" meint. Ich habe ihr mit der Liebeserklärung ein Korsett angelegt und sie hat ihr Leben aufgegeben, ohne zu murren. „Schatz?", ihre Stimme ist leise, „bist du ok?" Sie sieht mich an, wie damals in der Disco, als ich ihr meine Liebe erklärte. „Ich glaube, ich weiß jetzt, was du mit dem goldenen Käfig meinst ... Was ist mit deinem Leben? Hast du Sehnsucht nach deinem Leben?" „WAS? William, du und die Kinder ihr seid mein Leben ...", sie stockt, als ich den Kopf schüttle. „Nein, Jessica, das meinte ich nicht. Was ist mit dir?" „Ich weiß nicht, worauf du hinaus willst. Was willst du hören?", jetzt habe ich sie verunsichert. „Die Wahrheit!", murmle ich unbedacht, „sei einfach ehrlich." Sie schüttelt den Kopf: „Was immer mit dir los ist, ich bin nicht bereit zu streiten." „Ich gehe unter die Dusche – denk einfach darüber nach." Ich drehe das Wasser auf kalt und höre nach einer Weile unsere Zimmertür ins Schloss fallen. Ich schnappe mir meine Jeans und mache mich auf die Suche nach ihr. Sie sitzt unter einem Rosenbogen und dreht ihren Ehering, als sie mich sieht, wischt sie sich die Tränen aus dem Gesicht. „Liebling", ich sinke vor ihr in die Knie, „bitte antworte mir. Vermisst du etwas aus deinem alten Leben? Deine Arbeit? Deinen Job, Freunde, Freiheiten?" „Was zum Teufel ist los mir dir Will?", fragt sie leise, „sag es mir." „Ich weiß es nicht", muss ich zugeben, „du hast vorhin etwas gesagt, dass mich nicht loslässt. Und ich habe das Gefühl, ich zwänge dir ein Leben auf, dass nicht deines ist." „Es ist ein anderes Leben, ja.

Aber es ist wunderschön", flüstert sie, „ich bin gerne deine Frau, deine Geliebte und die Mutter unserer Kinder. Warum stellst du plötzlich alles in Frage? Was soll ich deiner Meinung nach sagen oder tun? Was erwartest du? WAS?" Sie trommelt mit den Fäusten gegen meine Brust. Ich halte ihre Hände fest und zwinge sie, mich anzusehen. „Ich liebe dich Jessica. Mehr als alles auf der Welt. Du sagst, du hättest dich auch gegen Widerstände für ein Leben mit mir entschieden. Du sagst, wenn man liebt, ist man bereit, sein Leben aufzugeben. Aber sollten nicht beide etwas aufgeben. Ich habe nichts aufgegeben, Habe meine Karriere weiter geführt und meine Egotrips ... Aber du hast dein Leben bereits aufgegeben, als die Großen zu uns kamen. Und ..." „STOPP! Ich habe gar nichts aufgegeben. Ich habe sechs wunderbare Kinder und ich vermisse meinen erlernten Beruf kein bisschen. Was ich vermisse, ist ... mein spontaner Ehemann. Der ewig grübelnde William Karl ist anstrengend. Als ich vor sechs Jahren auf dich zugelaufen bin, wusste ich, dass sich einiges ändern wird und spätestens mit der Geburt von Florian und Sophie war die Lehrerin passe', wie bei tausend anderen Frauen auch. Und das ist auch gut so. Selbst wenn unser Knopf im Januar zum Kindergarten geht, muss ich nicht zurück in die Schule", sie holt tief Luft. „Ich weiß, dass du mit deinem Karriereende kämpfst, aber gleich unser Leben in Frage stellen? Du musst mir sagen, was du von mir erwartest." Ich schüttle den Kopf: „Ich habe anscheinend zu viel Zeit. Ich werde wieder anfangen zu laufen, vielleicht bin ich dann ausgeglichener. Ich will nur, dass du mir sagst, wenn du etwas vermisst." „Gut – Schlaf mit mir William. Ohne zu grübeln und ohne nachzufragen. Einfach, spontaner, wilder Sex."Sie lächelt und presst ihre Lippen auf meine. Der Kuss wird stürmisch und wir laufen in unser Zimmer, wo sie schnell aus ihrem Kleid schlüpft. Mit Begeisterung stelle ich fest, dass sie darunter keinen BH trägt. Sanft streiche ich über ihre Knospen und werfe sie auf das Bett, bevor ich mich meiner Jeans entledige. Sie stöhnt auf und ich merke, wie sehr ich sie liebe. Ich umschließe ihre Brust mit den Lippen und sauge daran. Sie windet sich und ich lächle, bevor ich in sie eindringe. Meine Bewegungen sind langsam und kurz bevor sie kommt, ziehe ich mich zurück. Sie keucht und nimmt mich tiefer in sich auf. Ich versuche dasselbe Spiel noch einmal. „Schatz, bitte", ruft sie und ich erlöse sie. Als sie erschöpft aber glücklich neben mir liegt, streiche ich sanft über ihre Brüste. „Liebe meines Lebens", flüstere ich, bevor wir beide einschlafen.

-J-

Ich erwache und spüre seine Hand immer noch auf meiner Brust. Ich bewege mich ein wenig und er kneift mich. „Hey, ich dachte, du schläfst", kichere ich. „Habe ich auch. Nachschlag?", seine Augen blitzen. „Klar doch. Du kennst mich doch",murmle ich und greife nach seiner Erregung. Er atmet tief ein, doch als er mit seiner Hand in Richtung meines Schoßes wandert, halte ich sie fest. „Ich bin dran", lächle ich. Ich heize ihn, setze mich, nach einem flehenden Blick auf ihn und ich nehme ihn tief in mir auf. Eine minimale Bewegung genügt und er explodiert

126

förmlich in mir, was auch mich zu einem phantastischen Höhepunkt bringt. Er ist immer noch in mir, als ich mich auf seinen Bauch sinken lasse. Lächelnd betrachte ich ihn: „Ist doch besser als grübeln, oder?" „Mmh. Tausendmal besser. Aber ..." „Nein Schatz, kein aber. Ich sage dir, wenn mir etwas fehlen sollte." „Gut, einverstanden. Küss mich, bitte." Dem komme ich nur zu gerne nach. „Ach ja, der Architekt hat angerufen. Sie beginnen nächste Woche mit dem Abriss", erzählt er leise. „Schade. Dort ist so viel passiert. Dort hat unser Glück begonnen zu wachsen und nun ...", ich merke, wie meine Stimme leiser wird, „aber die Pläne für das Grundstück finde ich toll. Können wir hierbleiben, bis ..."er rollt sich herum und legt mir die Hand unter das Kinn. „Solange du willst und uns Omar und Kate ertragen",flüstert er und küsst mich auf die Nasenspitze. Ich schmiege mich an ihn und vergrabe mein Gesicht an seiner Brust. Kurz bevor ich einschlafe, höre ich, wie die Zimmertüre geöffnet wird und nackte Kinder- füße durch das Zimmer tippeln. William greift nach dem Lichtschalter und wir sehen Knopf, den Bären fest an sich gedrückt, vor dem Bett stehen. „Was ist los, Knopf? Kannst du nicht schlafen?", fragt er, als er das tränennasse Gesicht unserer Jüngsten sieht. Ich schlüpfe schnell in mein Shirt und ziehe sie zu uns ins Bett. Die Kleine schüttelt den Kopf: „Wo ist Lucy?" Ich lächle und schließe die Arme fest um sie. „Lucy ist bei Sylvia und Aleyna. Dort wartet sie auf dich und Leon. Willst du hier schlafen?" Sie nickt und liegt kurz darauf fest schlafend zwischen uns. Wir schlafen ebenfalls ein, werden aber gegen 6:00 Uhr durch ein zuerst zaghaftes, dann stärkeres Klopfen geweckt. „Ja bitte", murmle ich. Sofort wird die Tür einen Spalt geöffnet und ich höre die verzweifelte Stimme von Raphaela. „Entschuldigen sie Jessica, aber Knopf liegt nicht in ihrem Bett. Ich habe zu tief geschlafen und jetzt ist sie weg." „Bin doch da", quiekt die Kleine. „Komm rein, Raphaela", fordert William unser Kindermädchen auf. Sie öffnet die Tür und tritt ein, sie sieht richtig fertig aus und betrachtet den kichernden Knopf sprachlos. „Sorry, wir hätten Bescheid sagen sollen", entschuldigt sich William, „aber sie kam heute Nacht einfach zu uns." „Nein, schon gut. Ich weiß nicht, warum ich nichts mitbekommen habe. Aber sie ist da, das ist die Hauptsache,"lächelt Raphaela. „Knopf war sehr leise", unsere Kleine amüsiert sich köstlich. Ich hebe sie aus dem Bett und wuschle ihr durch den Lockenkopf. „Aber das nächste Mal sagst du bitte Raphaela Bescheid. Dann macht sie sich keine Sorgen." Knopf greift nach der Hand des Kindermädchens und ihren Bären und zieht sie aus dem Zimmer. „Unsere Kleine hat es ja wirklich faustdick hinter den Ohren", grinst William, „wie die Mutter." „Hey", ich knuffe ihn in die Seite und er zieht mich an sich. Unsere Lippen finden sich und er fährt unter mein Shirt. Der Sex ist zärtlich und sanft. Ich hüpfe beinahe aus dem Bett und verschwinde inter der Dusche. William tritt hinter mich und seift mich ein. „Schatz nicht", flüstere ich halbherzig. „Ok", kommt von ihm und er hört sofort auf. Ich sehe ihn ungläubig an. „Dein Wunsch ist mir Befehl, Liebling", lächelt er und schiebt mich unter die Dusche. Kurz darauf treffen wir am Frühstückstisch auf die Hausherren und den Rest der Familien nur von Kates Vater fehlt weiterhin jede Spur.

Die Macht des Kindes

-W-

„Omar, dürfen wir noch zwei Wochen hierbleiben?", frage ich Omar und sehe diesen begeistert nicken. „Ich freue mich." Kates Mutter unterhält sich angeregt mit ihren Enkelsöhnen, vor allen Mohammed genießt die Unterhaltung mit der Großmutter und kommt so seiner Mutter wieder näher. Und Nael erreicht schließlich das Herz des Großvaters. Die Jungs spielen Fußball und der Achtjährige entdeckt seinen Großvater am Rand des Gartens. Er verlässt das Feld und steuert auf den älteren Herrn zu. „Warum magst du uns eigentlich nicht?" , fragt er, mit der Naivität eines Kindes, „du kennst uns doch gar nicht." Albert holt tief Luft: „Zeigst du mir alles? Dann können wir uns kennenlernen." Nael nimmt seinen Großvater an der Hand und zieht mit ihm ab. „Die Macht der

Kinder", lächelt Kate, „vielleicht schafft er es."
Und tatsächlich, gut zwei Stunden später
erscheinen die beiden einträchtig und Albert
hält schließlich Omar die Hand hin: „Ich bin
Albert und würde dich gerne kennenlernen."
Omar lächelt: „Freut mich, ich bin Omar."
„Sultan Omar Sharif von Oman", grinst Franziska, „Ehemann von Katherina Marie Sharif
und Vater von Mohammed, Kerem, Luca und
Nael, deinen Enkelsöhnen." Rolf lächelt und
murmelt: „Willkommen im Kreis der Groß-
väter. Du wirst sehen, er ist ein super Typ."
„Whisky?", kommt von Kate und wir Männer
nicken. Zu viert genießen wir den Whisky
und die obligatorische Zigarette. Am Ende
der Woche fliegen die Schwiegereltern und
Kates Eltern nach Hause und wir genießen
die letzten Tage. Den 5. Geburtstag der Zwillinge feiern wir mit einem Fest im Palast-
garten. Omar hat den Garten mit Ballons
schmücken lassen. Da die Geschenke schon
ewig zuhause liegen, gibt es nur Kleinig-
keiten und die Vorfreude auf eine zweite
Party lässt die Zwerge strahlen.

Erinnerungen

-J-

Nun sind sie schon fünf- wow, wie die Zeit vergeht. Florian ist nun fast einen Kopf größer als Sophie und außer dem gleichen Geburtstag weist nichts darauf hin, dass sie Zwillinge sind. Sie sind- Gott sei Dank – zwei völlig eigenständige Personen geworden. Und Knopf hat in der Wüste sowohl an Länge als an Gewicht zugelegt. Sie ist nun 92 cm groß und wiegt zehn Kilo. Ich trage beides in die Tabelle ein und teile der Familie die freudige Botschaft mit. „Knopf ist nun nicht mehr zu klein, nur noch zu leicht", lächle ich. „Sag ich doch, bin groß", kommt sofort von der Kleinen. Der stolze Vater meint grinsend: „Nun brauchen wir bald einen neuen Spitznamen- Knopf passt ja wohl bald nicht mehr." Viktoria runzelt die Stirn- ihr typischer Blick, wenn ihr etwas nicht passt: „Das ist doof- will Knopf bleiben." Ich nehme meine Kleine in den Arm: „Wenn du das willst, Schatz, dann bleibst du unser Knopf." „Abgemacht", beschließt sie resolut und lässt keinen Widerspruch zu. So neigt sich der Urlaub dem Ende zu und ehe wir uns versehen, sind wir wieder zuhause. Ich stehe mit einem mulmigen Gefühl auf unserem alten Grundstück und beobachte die Abrissarbeiten. Die Jungs sind fasziniert von den Maschinen und stehen bereits am frühen Morgen am Gartenzaun. Ich hingegen fühle mich bei jedem Stein, der fällt, als würde ein Teil meines Lebens für immer verschwinden. William und Ahmet sind mit der Planung des Grundstückes beschäftigt. Mir wird übel und ich drehe mich von der Baustelle weg. Vroni sieht nur kurz in meine Richtung, verschwindet dann und kehrt kurz darauf mit ihrem Vater zurück, der mich wortlos in seine starken Arme nimmt. Ich verberge mein Gesicht an seiner Brust und versuche, mich zu beruhigen. Was ist nur los mit mir? „Ihr bleibt auf dieser Seite des Zaunes", weist er die Jungs an und zieht mich zur Terrasse. „Ich ...", stoße ich hervor, „kann das nicht." „Es tut mir leid, Liebling", murmelt William in mein Haar, „aber es ist nur ein Haus." Ich rücke ein Stück von ihm ab: „Nein, ist es nicht. Es ist unsere Geschichte. Ich fühle mich hier sehr wohl, aber ..." Will hält mich eisern fest: „Diese Erinnerungen nimmt dir keiner, Liebling. Aber hätten wir es leer stehen lassen sollen? Außerdem ist es jetzt zu spät", lächelt er. „Ich weiß. Vielleicht ist es der Beamte in mir- nur nichts verändern. Wahrscheinlich gibt es auch deshalb die Wohnung noch", murmle ich. Er lacht auf: „Die bleibt auch. Alles ok mit dir? Du bist doch sonst nicht so zart besaitet." Ich runzle die Stirn. Er hat recht, es ist nur ein Gebäude. Was ist nur los mit mir? Mein Mann wartet geduldig auf eine Antwort. „Keine Ahnung. Bin nur etwas melancholisch. Danke." Zwei Tage später ist von unserem alten Haus nichts mehr zu sehen und mein schlechtes Gefühl verschwindet. Nun kann ich mich ebenfalls an der Planung beteiligen. Sylvia und ich konzipieren den Spielbereich für die Kinder, wo so viele Wünsche berücksichtigt werden sollen wie möglich. Und kurz bevor die Schule erneut beginnt, ist der „Fun Park" fertig. Unsere Zwillinge sind nun im Vorschulalter, Alex in der dritten und Leon in der vierten Klasse. Vroni hat nun auch noch französisch und Physik als neue Fächer hinzu bekommen und Knopf darf einen Vormittag in den „Schnupperkurs" des Kindergartens. Ich glaube, ich werde alt. William grübelt nach meinem „Zusammenbruch" über unseren fünften Hochzeitstag nach und macht mich nervös. Was hat er vor?

Hochzeitstag

-W-

Um ihr den Abschied von unserem Haus zu erleichtern, muss mir zum Hochzeitstag etwas Besonderes einfallen. Ich verwöhne sie gerne und ich liebe es, sie zu überraschen. Raphaela hilft mir auch dieses Jahr, die Überraschung vorzubereiten, und Jess lässt sich bereitwillig darauf ein. Am Morgen bereiten die Kinder uns ein Frühstück zu und übertreffen sich dabei selbst. Es trifft sich gut, dass der Hochzeitstag auf einen Samstag fällt, so setze ich danach meine Frau ins Auto und sie schließt lächelnd die Augen. Als ich auf die Autobahn einbiege, lächle ich: „Du kannst die Augen nun öffnen, Liebling." Sie lächelt ebenfalls und atmet tief ein: „Ok, die A8. Das sagt jetzt natürlich alles." „Eben", meine Laune ist bestens. Nach 2 1/2 Stunden erreichen wir unser Ziel und ich biege in die Tiefgarage des „Waldhotels" in Stuttgart ein. Jess hält die Luft an, as wir das Foyer betreten. „Wow", entfährt es ihr. „Willkommen", hören wir, „die Suite ist fertig, der Tisch ist für 17:30 Uhr reserviert und der Wagen steht ab 19:30 Uhr bereit." Der Concierge bringt uns in die Suite und ich hebe meine Frau spielerisch über die Schwelle, setze sie ab und betrachte sie kurz, während ich das Trinkgeld überreiche. Jess sieht sich begeistert um und strahlt. Kaum sind wir allein, wirft sie sich in meine Arme. Ich schwenke sie herum und küsse sie stürmisch. „Alles Gute zu Hochzeitstag, Liebling", flüstere ich, „Wow, jetzt sind es schon 5 Jahre." Sie grinst mich an: „Danke Schatz, auch für das, was noch kommt." „Wir haben vier Stunden Zeit", ich sehe sie lächelnd an, „was willst du bis dahin tun?" Sie sieht mich unschuldig an. „Keine Ahnung. Vielleicht ..." Ich lache auf und trete näher zu ihr. Sie greift nach meinem Gürtel. „Hey Ehefrau", lächle ich, „was wird das denn?" „Ich weiß nicht, mir ist nur so furchtbar warm und ich dachte, dir auch", steigt sie mit ein. Ich ziehe ihr das Top von den Schultern und fahre ihr dabei sanft über die Brüste, die sofort hart werden. Jess zerrt an meinem Hemd und ich helfe ihr, indem ich aus der Jeans schlüpfe. Sie steht kurz darauf in weißen, durchsichtigen Dessous vor mir und atmet stoßweise, als ich meine Hand auf ihren flachen Bauch lege. Langsam fahre ich nach unten, während ich sie stürmisch küsse. Mein Finger findet sein Ziel und ich merke, wie meine Shorts ihren Platz verlässt. Ich führe sie sanft zum Höhepunkt, bevor ich sie zum Bett trage. Der Hauch von nichts fliegt aus dem Bett und meine Ehefrau liegt nackt vor mir. Das Lächeln wird breiter, als ich sie betrachte. Ihr Körper ist atemberaubend und ich kann es manchmal immer noch nicht fassen, dass sie mich gewählt hat. „Schatz?" Ich löse den Blick von ihr. „Was?" „Willst du mich nur ansehen?" „Tag und Nacht meine Schöne", lächle ich. Sie rekelt sich verführerisch und

flüstert: „Das hältst du nicht lange durch."
Das befürchte ich auch, behaupte aber:
„Wollen wir wetten?" Sie spreizt die Beine
nur ein wenig, aber diese kleine Bewegung
genügt und um meine Beherrschung ist es
geschehen. Ich trete zu ihr und greife nach
ihren Brüsten. Sanft massiere ich diese und
merke, wie schnell sie bereit ist. Ich öffne
ihre Beine etwas und dringe in sie ein. In
einem, immer schneller werdenden Rhythmus führe ich uns in einen Strudel der
Leidenschaft. Sie krallt sich in meine Schulter, als sie kommt, doch danach schlingt sie
ihre Beine um mich und hält mich so in sich
fest. Ich rolle uns herum und sie sitzt auf mir.
Langsam bewege ich mich und streichle über
ihre Brüste. Sie steigert das Tempo ein wenig
und führt uns zu einem erneuten Orgasmus.
„Gewonnen", grinst sie, als sie auf meine
Brust sinkt. „Ich gebe mich geschlagen",
murmle ich, „Aber du bist Krypthonit für mich.
Ich muss dich nur ansehen und ich bin heiß
auf dich." Sie windet sich aus meinen Armen
und greift in ihre Handtasche. Schnell kehrt
sie ins Bett zurück und drückt mir ein dünnes

Päckchen in die Hand. „Mein Geschenk zum Hochzeitstag", murmelt sie, als sie den fragenden Blick bemerkt und kuschelt sich an mich. Ungeduldig öffne ich das Päckchen und ziehe ein Fotobuch heraus. Darin finde ich alle Highlights des letzten Jahres. Unter anderem auch ein Bild, wo sie auf dem Steg in Valetta sitzt. Rolf hat ihre Verzweiflung super eingefangen und ich spüre einen kurzen Schmerz. Aber auch mein letztes Fußballspiel, unser neues Haus, das Alte und viele Fotos unserer Kinder. „Danke, Liebling", meine Stimme ist kaum hörbar, „das Foto von dir auf dem Bootssteg ist hammermäßig." Sie lächelt kurz und meint dann ernst: „Das brauche ich nicht noch einmal. Aber es zeigt meine Liebe zu dir am deutlichsten- finde ich." „Oh Gott, Liebling. Ich liebe dich, mehr als ich dir sagen und jemals zeigen kann", sanft ziehe ich sie näher, sie küsst mich auf die Wange und legt die Hand auf meine Brust. „Verrätst du mir, was du geplant hast? Der Rezeptionist hat irgendwas von einem Wagen gesagt." Nun ist es an mir, aus dem Bett zu schlüpfen, ich greife nach meiner Brieftasche, kehre zurück und öffne diese. Jess stößt einen Freudenschrei aus. „Tanz der Vampire? Wirklich? Wie cool ist das denn? Eines meiner Lieblingsmusicals", strahlt sie. „Ich weiß, du hörst es oft im Auto", lächle ich, „Wie oft du es schon gesehen?" „Zwei Mal. Einmal in Hamburg mit meinen Schwestern und das zweite Mal in München mit ..., sorry",ihre Stimme ist leise geworden. „Mit Rick", grinse ich, „und nun mit mir." „Kennst du es?", fragt sie, immer noch leise. Ich schüttle den Kopf: „Nur die Musik von dir. Ich bin gespannt." Und ich bin neugierig darauf, sie zu beobachten. Bis jetzt war ich kein Freund von Musicals, ich mache das nur ihretwegen- ihre Begeisterung wirkt ansteckend. „Und davor ein candle light Dinner - einverstanden?" „Klar doch, aber erst ..." Sie legt die Hand auf meinen Penis und dieser reagiert sofort. Ich küsse sie stürmisch und liebe sie erneut. Danach lasse ich ihr ein Badewasser ein und die große Badewanne lässt ein gemeinsames Bad zu. Ihre Wangen sind rosa und ihre Augen leuchten, als ich ihr das Handtuch reiche. Sie greift in ihren Koffer und zieht ihre schwarzen, trägerlosen Dessous heraus, ich öffne den Kleidersack und reiche ihr das Kleid aus Venedig, in das sie lächelnd schlüpft. Wie immer trägt sie halterlose Strümpfe und High Heels. Ich lächle, als mir einfällt, was sie bei unserem ersten Aufeinandertreffen getragen hat. „Was?" „Alles gut. Mir ist nur gerade in den Sinn gekommen, was du bei unserem ersten Zusammentreffen an hattest", murmle ich, „und sieh dich jetzt an." „Shirt und Shorts", grinst sie, „für so ein Kleid fehlte Geld und Gelegenheit." „Und trotzdem warst du schon damals heiß. Lass uns gehen, bevor ich dir das Kleid vom Körper reiße", meine Stimme klingt rau. Das Essen ist sehr gut und die Spannung zwischen uns ist deutlich spürbar. Auf dem Weg zum Musicaltheater lehnt sie sich an mich.

-J-

Durch den VIP- Eingang kommen wir ins Theater und die Atmosphäre fängt mich sofort. Ich sehe meinen Mann an, ich weiß, dass er nur meinetwegen hier ist, hoffe aber, dass ihn das Stück so begeistert, wie mich. Bereits bei den ersten Tönen tauche ich in die Welt des Grafen ein. Aus den Augenwinkeln beobachte ich ihn und merke, wie er sich auf die Vorstellung einlässt. Ich lege die Hand auf seinen Oberschenkel und er verschränkt die Finger mit meinen. In der Pause drückt er mir ein Glas Prosecco in die Hand. „Danke, und was sagst du?", frage ich lächelnd. „Ich kann verstehen, dass du begeistert bist, es ist wirklich toll. Ich glaube, das machen wir nun häufiger", meint er, „Du suchst aus und ich buche." „Jederzeit. Es gibt noch ein paar, die sehenswert sind. Und ein oder zwei sind sicher für die Zwerge geeignet." Wow, ich hatte es gehofft, aber dass er so begeistert ist ... Der zweite Akt ist noch viel beeindruckender und als der Graf „unstillbare Gier" singt, ist es völlig um mich geschehen. Nach dem letzten Vorhang tritt eine Frau auf William zu und flüstert ihm etwas zu, worauf er meine Hand nimmt und lächelt: „Komm." Ich folge ihm und er zieht mich in Richtung Künstlergarderoben. „Schatz?" „Du hast eine Privataudienz mit dem Grafen", grinst er. „Wie?"„Was? Du meinst, wie ich das geschafft habe? Ich bin Will Karl." „Stimmt, hatte ich vergessen-sorry." Nach zwanzig Minuten verlassen wir den Künstlerbereich wieder und werden erneut vom Hotelchauffeur abgeholt. William legt den Arm um mich und zieht mich an sich. „Danke für den tollen Abend", flüstere ich. „Der ist noch nicht vorbei", raunt er, „ich habe noch etwas vor." Bereits im Lift küsst er mich stürmisch und hilft mir aus dem Kleid, kaum, dass die Tür sich schließt. Er zieht mich ins Bad und stellt die Dusche an. In Windeseile entledigen wir uns unserer Kleidung und er verwöhnt meinen Körper unter der Dusche. Den Weg zum Bett schaffen wir nicht mehr. Ich schlinge die Beine um ihn und er dringt in mich ein. Nach einem phänomenalen Höhepunkt trocknet er uns ab und allein diese Berührungen genügen, um ein erneutes Feuer in mir erwachen zu lassen. William hebt mich hoch und trägt mich zum Bett, wo er mich sanft niederlässt. Ich ziehe ihn zu mir und er verwöhnt mich mit Händen und Zunge. Ich winde mich unter ihm und endlich schenkt er uns Erlösung. Danach liegt Will grinsend neben mir. „Was?" „Unstillbare Gier, Liebling", seine Stimme klingt rau. „Tja, nicht umsonst mein Lieblingslied. Hat es dir gefallen, Schatz?", meine Stimme ist kaum besser. „Mmh, es war beeindruckend. Oder meintest du den Sex?", lacht er nun. Ich schüttle den Kopf und fahre an seiner Narbe entlang. Er erschaudert und sucht nun seinerseits meine Narbe. Dabei dreht er mich auf den Bauch und küsst die kleine, triangelförmige Narbe. Er dringt von hinten in mich ein und bewegt sich langsam. Ich kralle mich in das Laken und stoße einen spitzen Schrei aus, als er sich in mir ergießt. „Bist du ok Liebling?", fragt er sofort nach. „Pause", stöhne ich, „zehn Minuten". „Gut, zehn Minuten", stimmt er zu und schließt mich in seine starken Arme. Ich atme seinen Duft ein und schließe die Augen.

-W-

Lächelnd sehe ich auf meine Frau herab. Sie sieht so zerbrechlich aus und ist doch so tough. Vorsichtig ziehe ich den Arm unter ihr hervor und stehe kurz darauf mit einem Glas

Sekt und einer Zigarette auf dem Balkon. Meine Gedanken schweifen in die Vergangenheit ab. Sie hat bei unserer ersten Begegnung keinerlei Scheu gezeigt und ist bis heute die Einzige, die es schafft, mir Paroli zu bieten, mich zu einem glücklichen, sechsfachen Vater und liebenden Ehemann zu machen. Und sie hält meine Launen aus, die dieses Jahr nicht gerade wenig waren. Und egal, ob in Shorts, Jeans oder Abendkleid sie ist immer heiß. Und als ich das Foto auf dem Bootssteg näher betrachte, fallen mir immer mehr Details auf. Meinem Schwiegervater ist ein grandioses Foto gelungen. Die tränennassen, grünen Augen, die einzelne Träne, die über ihre Wange läuft und die geballte Faust um die Herzkette. Das Foto schnürt mir die Kehle zu, denn an allem war ich schuld. Ich werfe einen Blick auf meine schlafende Frau und blättere das Buch weiter durch. Knopfs wilde Mähne und ihr strahlendes Lachen muntern mich wieder etwas auf. Viktoria wird immer mehr zum kleinen Ebenbild ihrer Mutter und ist ein wahrer Sonnenschein. Vroni wird erwachsen und die anderen werden groß. Ich nehme einen Schluck und greife nach einer weiteren Zigarette. Dieses verdammte Laster- ich stecke sie wieder ein und kehre ins Zimmer zurück. Vorsichtig schlüpfe ich ins Bett, doch sie wird wach und sieht mich fragend an: „Alles gut?", meint sie und ich nicke. „War nur frische Luft schnappen." „Und eine rauchen", murmelt sie, nachdem sie mich küsste. „Mmh. Sorry",ich erwidere den Kuss und lege eine Hand auf ihre Brust. Sie holt geräuschvoll Luft. „Soll ich aufhören?", frage ich leise und hoffe auf die richtige Antwort. Sie scheint einen Moment darüber nachzudenken, schüttelt aber dann den Kopf. So befriedige ich sie erneut und sinke zufrieden neben sie. „Na sag mal, Leistungssportler oder was?", grinse ich, „Jetzt kann ich nicht mehr." „Ach was?", ihr Lächeln sieht ebenso müde aus, „was ist mit deiner unstillbaren Gier?" „Die ist schon noch da, aber der alte Körper macht nicht mehr mit", versuche ich mich zu rechtfertigen. Sie legt die Hand auf meine Brust. „Dann müssen wir deinem alten Körper wohl etwas Schonung gönnen." Ich schließe die Arme fest um meine Ehefrau und wir schlafen schnell ein. Die Nacht ist kurz und so sind wir dementsprechend müde, als um 7:30 Uhr der Wecker klingelt. Jess hält sich das Kissen über den Kopf: „Nein! Jetzt nicht",sie klingt wie unsere jüngste Tochter. „Liebling, wir müssen um 10:00 Uhr das Zimmer räumen, oder soll ich um eine Nacht verlängern?"

-W-

William zieht mir das Kissen vom Kopf und wartet auf eine Antwort. „Das klingt verlockend", murmle ich, „aber die Kinder?" „Raphaela schafft das schon", lächelt er. „Aber morgen ist Knopfs Schnuppertag", lehne ich mich auf, „also doch aufstehen." Ich quäle mich aus dem Bett und schlendere ins Bad. William folgt mir lächelnd: „Dann fahren wir nach Hause, Liebling. Sollen wir uns zum Mittagessen mit den Kindern treffen? So wie letztes Jahr?" „Tolle Idee. Aber nicht, dass wir wieder ein Kleid kaufen müssen", grinse ich, öffne den Koffer und ziehe Top und Shorts heraus. „Das ist besser." Und Raphaela hat auch an meine Sandalen gedacht. Das hat sich definitiv geändert. Früher hätte ich dazu Flip-Flops getragen, jetzt schlüpfe ich wie selbstverständlich in Sandalen oder Schuhe mit Absatz. Nur wenn ich mit den Kindern unterwegs bin, sind Sneakers und niedrige Schuhe noch gefragt. William lächelt, als er aus dem Bad kommt. „Passt das?", frage ich, er nickt und sein Blick schweift ungeniert über meine Beine. „Und da soll ich mich auf das Frühstück und das Autofahren konzentrieren?", grinst er, nimmt meine Hand und wir begeben uns in den Frühstücksraum, wo ein fulminantes Buffet auf uns wartet.

-W-

Ich übernehme den Anruf bei Raphaela, die die Kinder zum Italiener bringen wird. Beim Frühstück betrachte ich meine Frau genauer. Der Schmetterling auf ihrer Schulter leuchtet im Sonnenlicht und durch das gelbe Top sieht er noch viel glänzender aus. Und das passt auch perfekt zu ihrer dunklen Mähne und den schwarzen Shorts. Gut, dass ich nicht mehr aktiv bin, bei der Farbzusammenstellung. Ich grinse sie an und sie deutet mein Mienenspiel richtig. „Ich weiß, aber ich finde, das sieht gut aus." „Die Farben schwarz-gelb haben für mich keine Bedeutung mehr", grinse ich, „dein Schmetterling scheint sich sehr wohl zu fühlen." Ihre Haut hat, dank der Wüste einen bronzefarbenen Ton angenommen. Während des Frühstücks berichtet sie von weiteren Musicals, die wir uns ansehen könnten, und ich lächle sie an, als wir Hand in Hand ins Zimmer zurückkehren. Sie packt den Koffer fertig und ich nehme den Kleidersack. „Ich hoffe, sie hatten eine schöne Zeit bei uns", fragt die Rezeptionistin, als ich ihr die Kreditkarte reiche. Ich werfe einen Blick auf meine Frau, bevor ich antworte: „Ja, danke. Es war unvergesslich." Jess errötet leicht und mein Grinsen wird breiter. Kurz darauf sitzen wir im Auto und aus den Augenwinkeln heraus, sehe ich sie lächeln. Ich lege die Hand auf ihren Oberschenkel und spüre, wie sie die Luft anhält. „Entspann dich, Liebling", flüstere ich, „erst heute Abend wieder." „Du bist unmöglich William Karl", stößt sie hervor, „aber ..." „Ich dich auch, Liebling." Die 2 1/2 Stunden Fahrt legen wir bei einem lockeren Gespräch zurück. Dieses Mal sind wir vor unseren Kindern im Lokal. Pietro lächelt und führt uns zum Tisch: „Kinder kommen auch?", fragt er höflich nach und ich nicke, „dann der große Tisch." Kaum sitzen wir, höre ich an einem der Nachbartische ein Raunen, als Raphaela und die Kinder hereinkommen. „Das kann ja heiter werden", vernehme ich und lächle in die Richtung: „Keine Angst, unsere Kinder wissen, wie man sich in einem Lokal benehmen muss." Die Frau am Nachbartisch errötet und ich hoffe, nicht zu viel versprochen zu haben. Doch die sechs enttäuschen mich nicht, nur der kleine Trotzanfall von Knopf, als ich die Gabel gegen den Löffel austausche, bringt etwas Lärm mit sich. Jess beugt sich zu unserer Jüngsten und flüstert ihr etwas zu. Sofort lächelt Knopf, nimmt freiwillig den Löffel und isst ohne Laut ihre Nudeln. Ich sehe meine Frau fragend an und diese grinst zurück.„Später", flüstert sie, „Wie war euer Wochenende?" „Mohammed hat gemailt", berichtet Vroni, „sie reisen demnächst nach Deutschland. Und kommen dann bei uns vorbei." „Super, ich rufe Kate an", meint Jess lächelnd. „Und ich bin mit dem Rad gestürzt", kommt es leise von Flo, „die Hose ist hin." „Und nicht nur die, oder?", grinse ich in seine Richtung und er nickt schnell. „Das Knie auch", murmelt er, „ist aber nicht schlimm." Es entspinnt sich ein angeregtes Gespräch und ich merke, wie die anderen Gäste wohlwollend in unsere Richtung sehen.

-J-

Er hat nicht zu viel versprochen, man kann sich mit unseren Kindern durchaus sehen lassen. Als sie in Richtung Spielbereich rennen, humpelt Florian ein wenig. „Hat er sich was getan?", frage ich Raphaela. „Flo? Das Knie ist etwas aufgeschürft. Wahrscheinlich ziept das Pflaster", lächelt sie. „Deshalb auch die lange Hose", grinst William, „was hast du Knopf zugeflüstert?" Ich lache kurz auf und flüstere: „Du bist doch ein großes Mädchen, die hören auf ihren Papa." Er runzelt die Stirn, lässt es aber auf sich beruhen. Ich schmunzle: „Das bleibt mein Geheimnis Schatz." Und wie aufs Stichwort kommt unsere kleine Tochter auf uns zu. „Gibt´s jetzt Eis?", fragt sie. Ich nicke: „Fragst du bitte deine Geschwister, wer ein Eis möchte." Knopf holt tief Luft und brüllt quer durch den Biergarten: „Wer will ein Eis?" Wir drei Erwachsenen zucken zusammen. „Viktoria, man ruft nicht quer durch das Lokal. Lauf hin und frag", rügt sie William. Die Denkerfalte erscheint auf ihrer Stirn, erst als ihr Vater hinzufügt: „Das stört die anderen Gäste", setzt sie ihr Lächeln auf und sieht zu den übrigen Tischen. Ihr „Tschuldigung" klingt ebenso laut durch das Rund, bevor sie zu ihren Geschwistern läuft. „Du hast sie mit Eis geködert?", William schüttelt den Kopf, „Aber es hat gewirkt." Keine Minute später sind alle sechs wieder da und stürzen sich auf ihr Eis. Pietro bringt uns noch Kaffee und Mandelkekse. Meiner wird mir sofort von Sophie gemopst. Sie liebt diese Kekse und ist immer schneller als ich oder ihre Geschwister. William teilt seinen mit mir, bevor er die Rechnung begleicht und mit dem Auto nach Hause fährt. Wir anderen gehen die paar Meter zu Fuß, zuhause ziehe ich Florian in sein Zimmer und begutachte sein Knie. Es ist wirklich nur eine kleine Schramme und nach einer Weile gutem Zureden ist er bereit, eine kurze Hose anzuziehen, bevor er seinen Geschwistern auf den Funpark folgt. Ahmet, Martin und William stehen an der Baustelle des Poolhauses und diskutieren über die Baumaßnahmen. Sylvia und Bea beobachten die Kinderschar, zu der sich nun auch Florian gesellt. „Alles Gute zum Hochzeitstag", grinsen die Freundinnen. „Danke. Was ist eigentlich mit euch Bea?" , frage ich feixend nach. Sie zuckt mit den Schultern: „ Bis jetzt haben wir noch keinen Termin. Vielleicht, wenn er auch nicht mehr aktiv ist." In diesem Moment verabschiedet sich Martin ins Training.

-W-

Als Martin losfährt, spüre ich etwas Wehmut- „Lust auf ne Runde?", frage ich Ahmet, dem es ähnlich zu gehen scheint. Er nickt sofort. „Gut, in 10 Minuten wieder hier", bestimme ich. Ich küsse Jess kurz. „Wir werden eine Runde laufen." Sie lächelt und ich bin mir sicher, dass meine Frau genau weiß, wie es in mir aussieht. Wir joggen los und eine Weile schweigen wir. „Vermisst du das Training?", fragt mich mein bester Freund schließlich. Ich nicke" vielleicht lassen sie uns ja mittrainieren, zum Abschluss. Wir werden alt." Nach einer halben Stunde sind wir zurück und unter der Dusche merke ich, dass ich mich besser fühle. Doch allzu lange bleibe ich nicht im Bad, sondern kehre zur Familie zurück. Unsere jüngste Tochter fliegt mir entgegen und ich fange sie lächelnd auf. „Alles gut Papa?", gurrt sie. „Natürlich. Warum denn nicht?", frage ich nach. „Du laufen." Upps, die Kleinen bekommen mehr mit als ich dachte. Mit Knopf auf dem Arm bummle ich zum Spielplatz, wo die anderen schon um den Grill versammelt sind. Ich setze Knopf ab und greife zu einer Zigarette. Ahmet und ich beladen den Grill und unsere Frauen bringen die Salate. Martin kommt genau im richtigen Moment und so lassen wir den Sonntag entspannt ausklingen. Kaum schließt sich die Schlafzimmertür, sieht mich meine Frau fragend an.

-J-

„Bist du ok, Schatz?", frage ich leise. Er nickt und versucht ein Lächeln. „Ja, schon, es ist nur Zeit, meine Zukunft zu planen. Ich wäre gerne mit Martin ins Training gefahren." „Ich weiß, aber das ist Vergangenheit. Wir finden schon eine Aufgabe für dich", versuche ich ihn aufzumuntern. „Rasen mähen", murmelt er. „Zum Beispiel, aber dann nur mit nacktem Oberkörper", kichere ich. William zieht mich in seine starken Arme und schält mich, während er mich zum Bett trägt aus meiner Kleidung. „Das kommt davon", raunt er. „Feuer, die entfacht werden, müssen sofort gelöscht werden." Der Sex ist zärtlich, romantisch und sanft. Eng aneinandergeschmiegt, schlafen wir ein. Am Morgen bringen wir die Zwillinge und Knopf in den Kindergarten. Unsere Kleine ist richtig aufgelöst und hüpft vor uns her. Für sie ist dieser Schnuppertag ein weiterer Schritt zum „Großwerden". Sie betont immer häufiger, dass sie kein Baby mehr sei und besteht auf Eigenständigkeit. Und das mit nicht mal ganz drei Jahren.

Beim Abgeben meiner Kleinen wird mir leicht flau im Magen. William legt den Arm um mich und wir gönnen uns einen Kaffee. Während ich gedankenverloren an meinen Cappuccino nippe, mustert mich mein Mann. „Was?" „Ist nicht leicht, oder?", lächelt er, „Jetzt wird sie groß." „Mmh, ich vergesse manchmal, dass sie fast drei Jahre alt ist. Ihre Körpermaße täuschen leicht", gebe ich zu. „Sie wird immer unser Knopf bleiben", grinst er, „unsere Kleine." Nun muss auch ich lächeln und kann den Kaffee genießen. Eine Stunde später kehren wir zum Kindergarten zurück und nehmen einen strahlenden Knopf in Empfang. „Und? Hat es Spaß gemacht?", fragt der stolze Vater und nimmt unsere Tochter auf den Arm. Knopf nickt: „Wann darf ich wieder?" „Nächsten Montag, noch siebenmal schlafen", erwidere ich.

Deine, meine oder unsere?

-J-

Langsam kehren wir nach Hause zurück und ich zeige unserem Nesthäkchen am Familienkalender , wann der nächste Besuch stattfindet. Beim Mittagessen fällt mir auf, dass unsere Große etwas zu Quälen scheint. Als der Rest in Richtung Baustelle verschwindet, sehe ich sie fragend an. „Was ist los, Maus?" Sie kaut auf ihrer Unterlippe und wägt die Worte ab: „Wie ist das mit Sex?" Oh Gott, das Aufklärungsgespräch. „Also, wie es funktioniert, weiß ich", fügt sie schnell hinzu, als sie mein Gesicht sieht, „ich will eigentlich eher wissen, ab wann man Sex haben soll." Der Satz macht das alles nicht einfacher, so dass ich sie nur entgeistert ansehen kann. „Wenn man alt genug dafür ist und den richtigen Menschen gefunden hat", stoße ich hervor. „Wie alt warst du?" „Siebzehn. Und das war mit Rick. Wir waren schon fast ein Jahr ein Paar." „Aber Rick war doch nicht der Richtige", Vronis Hartnäckigkeit kommt durch. „Moment mal", unterbreche ich meine Tochter, „fangen wir anders an. Es gibt also einen Mann. Und seit wann?" Vroni errötet: „Seit drei Wochen. Kai- Robin ist bei uns an der Schule. Er ist schon fast sechzehn." „Und er fordert Sex?", bitte sag jetzt nicht ja. Als sie den Kopf schüttelt, atme ich tief ein. „Ok, warum fragst du dann?" Sie sieht aus, als wolle sie flüchten, aber so schnell gebe ich nicht auf. „Hast du Angst, dass du für ihn nicht erwachsen genug bist, wenn du keinen Sex hast? Maus, wenn er dich liebt, dann wartet er. Und ich an deiner Stelle würde mir noch etwas Zeit lassen. Du wirst erst dreizehn. Wenn du dir sicher bist, dann bin ich für dich da." „Wie merkt man, dass man bereit dafür ist? Wie hast du es gewusst?"Ich muss aufpassen, was ich sage. Wie bin ich da nur hineingeraten? „Ich weiß es nicht. Bei deinem Dad war es sofort klar. Aber da war ich auch schon 25. Und ich liebe den Sex mit deinem Vater. Du wirst es merken, wenn die Zeit gekommen ist- stellst du uns den jungen Mann mal vor?" Vroni schüttelt den Kopf. „Wieso denn nicht? Wegen Dad? Der schafft das schon", lächle ich, „und ich helfe dir". Ich stelle mir meinen Mann vor, wenn er erfährt, dass ein anderes männliches Wesen bei seiner Tochter an die erste Stelle getreten ist. „Ich spreche mit ihm, wenn du das willst, obwohl ich es besser fände, du würdest es ihm sagen." Sie atmet tief ein: „Na gut, aber was mache ich, wenn ..." „Ich bin in deiner Nähe. Aber ein Tipp. Das Thema Sex würde ich nicht ansprechen", lächle ich aufmunternd. Langsam schleicht sie in Richtung ihres Vaters und zieht ihn zum Pavillon. Nach ein paar Minuten höre ich Will losbrüllen und renne los. „Das kommt gar nicht in Frage. Dafür bist du viel zu jung." Ich stelle mich zwischen Vater und Tochter und deute meiner Tochter, die aussieht wie ein verschrecktes Kaninchen an, uns allein zu lassen. Ich lege Will die Hand auf die Brust, doch er weicht zurück. „Du wusstest davon?" Nun bin ich

Zielscheibe seiner Wut geworden, doch ich halte seinem Blick stand: „Seit fünf Minuten. Mach es ihr nicht kaputt, Will. Es ist ihre erste große Liebe." Er ringt mit sich und ich sehe, wie sich seine linke Hand zur Faust ballt. „Sie ist noch ein Kind", stößt er hervor. Ich verkneife mir ein Lächeln. „Schon lange nicht mehr. Sie wird dreizehn", antworte ich, „dass war doch klar, dass das einmal kommt." „Wärst du auch so entspannt, wenn es um eine deiner Töchter gehen würde?", motzt er mich an. Ich sehe ihn sprachlos an und versuche, den Schmerz nicht Oberhand gewinnen zu lassen.

-W-

„Sie ist meine Tochter", flüstert Jess und weicht nun ebenfalls zurück, „und ich werde bei den anderen fünf ebenso reagieren." Den Schluss erahne ich mehr, als ich sie verstehe. Ich würde am liebsten davon- laufen, aber ich Elefant muss erst die Scher- ben kitten. , so trete ich vorsichtig einen Schritt auf sie zu. „Fass mich nicht an, Will Karl", presst sie hervor, „für alles bin ich gut, aber dann ..." „AUFHÖREN!", Vroni ist zurückgekommen, „bitte nicht streiten. Bitte! Nicht wegen mir." Ich sehe zwischen Frau und Tochter hin und her. In beiden Augenpaaren stehen Tränen und ich stehe als Buhmann in der Mitte, der nicht weiß, wie er da wieder rauskommt. „Wehe du wagst es, mich so stehen zu lassen", höre ich Jess, „ich will das klären. Veronika, lässt du mich bitte mit deinem Vater allein." Diese verzieht sich blitzschnell, während meine Frau sich die Tränen aus dem Gesicht wischt. „Sorry, Liebling", flüstere ich nun, „das war unterhalb der Gürtellinie. Ich weiß, dass du ihre Mutter bist, aber ich habe mich über deine coole Reaktion geärgert." Sie lehnt sich an eine der Säulen und holt tief Luft: „Das reicht nicht, Will. Ich habe noch nie einen Unterschied zwischen den Kindern gemacht. Ich-ich habe mich nur an das Gespräch im Oman erinnert. Du wolltest kein Spießervater sein. Und einer von uns muss ja cool bleiben. Sie ist verliebt." Jess Stimme wird kräftiger, währen meine mich in Stich lässt. „Bitte verzeih mir Jessica. Der Satz und meine Reaktion waren absolut daneben.

Liebling ..." „Du hast mich verletzt, William. Und ich glaube, du hast es genau so gemeint." „Nein, habe ich nicht. Ich habe/ich will, ich weiß nicht. Ich liebe dich Jess und ich wünsche, ich könnte den Satz unausgesprochen machen. Liebling, bitte verzeih mir." Sie mustert mich und nickt schließlich. „Verzeihen -ja - vergessen--ich weiß nicht." Sie dreht sich um und schickt sich an, den Pavillon zu verlassen. „Nein! Du lässt mich jetzt nicht so stehen", fordere ich und greife nach ihrer Hand. Sie zieht sie nicht weg und so habe ich die Möglichkeit, sie an mich zu ziehen. Sie sträubt sich nicht. „Hilfst du mir, ihn vorurteilsfrei kennen zu lernen, bitte. Ich spreche mit Vroni, ganz ruhig- versprochen", murmle ich in ihr Haar. Ich spüre, wie sie sich entspannt, und umarme sie fester. Ich bin so ein Idiot. Ausgerechnet ihr so etwas vorzuwerfen ist völlig daneben. Sie, die die Kinder über alles liebt. Jess legt nun die Arme um mich und ich küsse ihren Haarschopf. „Mum, Dad", höre ich und wende mich unserer Tochter zu, „das ist Kai-Robin." Ich lasse meine Frau los und während wir den Freund unserer Tochter mustern, habe ich einen Flashback und ich sehe mich Hand in Hand mit Jess vor Rolf stehen. Auf meinem Gesicht breitet sich ein Lächeln aus. Willkommen in der Familie Karl", nimmt mir Jess die Begrüßung ab, „Lust auf ein Stück Kuchen?" Bei Kaffee und Kuchen entspannt sich die Situation und der Junge erweist sich als durchaus sympathisch. Aber unsere große Tochter scheint mir den Ausbruch nicht so schnell zu verzeihen. Ihr Lächeln, vor allem in meine Richtung ist etwas unterkühlt. Typisch Will, unbeherrscht wie eh und je. Früher konnte ich es auf dem Feld kompensieren- doch jetzt? Ich muss mich zusammennehmen, sonst wird es irgendwann zu eng. Auch Jess schluckt nicht alles. Als wir uns spät am Abend in Richtung Schlafzimmer begeben, weiß keiner von uns, was der andere Partner erwartet. Ich lasse ihr Vortritt im Bad und stehe rauchend am Fenster, als sie zurückkommt. Sie schlüpft ins Bett und ich stehe unter der eiskalten Dusche, krampfhaft mein schlechtes Gewissen bekämpfend. Ich lege mich neben sie und küsse sie kurz, doch als sie zusammenzuckt, löse ich mich sofort von ihr.

-J-

Was ist nur los mit ihm? Gut, es ist für keinen Vater einfach, den ersten Freund der Tochter zu akzeptieren und dass ich als Prellbock für seine Launen herhalten muss, ist auch nichts Neues, aber ... Er liegt neben mir und starrt an die Decke. Als er mich gerade küsste, schien es, als wäre unser Verhältnis wieder normal. Reagiere ich wirklich zu unbedarft auf die erste Liebe unserer Tochter. Er hat noch keine Ahnung, dass unser Gespräch noch viel weiter gegangen ist. Wenn er herausfindet, dass seine Prinzessin über Sex nachdenkt, dann gute Nacht. Ich sollte es ihm sagen, schlechter kann das Verhältnis nicht werden. „William", setze ich an, „sagst du mir, was du denkst?" Er dreht sich zu mir und ich sehe sein versteinertes Gesicht im Mondlicht. Es dauert eine Weile, bis er zu reden anfängt. „Er scheint ja nett zu sein. Aber er wird sechzehn. Was ist, wenn er mehr will? Und wenn sie sich darauf einlässt?" „Das wird sie nicht. Ich habe ihr geraten, sich Zeit zu nehmen und wenn sie sie sich sicher ist erst mit einem von uns zu reden. Vertrau ihr einfach. Sie wird nicht sofort mit ihm im Bett landen. Sie ist nicht wie-ich-", ich gerate ins Stocken. Er runzelt die Stirn, scheint aber zu ahnen, worauf ich hinaus will. „Du warst 25. Sag nur, du bereust es", presst er hervor, „also ich nicht." Ich greife nach dem Lichtschalter, bevor ich den Kopf schüttle. „Wie alt warst du, als?" Ich lächle ihn an. „Fast siebzehn. Es war der erste Jahrestag mit Rick, der war neunzehn. Und es war kein Vergleich zum Sex mit dir", irgendwie muss es mir doch gelingen, zu ihm durchzudringen. Er lacht kurz auf: „Das will ich aber auch hoffen."„Na, geht doch. Ich rutsche vorsichtig näher, aber er bewegt sich immer noch nicht. Ich lege meine Hände auf seinen, wie immer nackten Oberkörper und lasse mich auch von seinem Zusammenzucken nicht stören. Ich höre, wie er tief einatmet, und schicke meine Hand auf Wanderschaft. Sein Blick wird sanfter und ich mutiger. Als meine Finger den Weg unter den Hosenbund finden, hält er mich zurück: „Hör auf, Jessica."Ich verharre mitten unter der Bewegung, ziehe aber die Hand nicht zurück. „Das ist keine Lösung." „Lösung? Wozu? Du weißt, dass der Satz mich verletzt hat und ich weiß, dass wir unterschiedlich auf die erste Liebe UNSERER Tochter reagieren. Was willst du hören, William? Was erwartest du? Verdammt noch mal, sprich mit mir."

Was erwarte ich?

-W-

Genau das ist das Problem, ich habe keine Ahnung, was ich erwarte. Eigentlich ist es gut, dass wenigstens ein Elternteil rational reagiert. Ich sehe sie an. Sie wartet auf eine Antwort. „Nimmst du bitte die Hand da weg, ich kann so nicht denken", presse ich hervor und sie zieht die Hand aufreizend langsam aus dem Hosenbund. Ich stehe in Flammen und würd am liebsten die Diskussion einfach aussetzen und sie lieben, doch ich glaube, so kommen wir nicht weiter. Sie lächelt, der

Macht, die sie über mich hat durchaus bewusst, und lässt die Hand auf meinem Oberkörper liegen. „Liebling, bitte", keuche ich, „du willst doch eine Antwort." „Was? Ach so- na gut."Sie zieht die Hand zurück und mein Blut kommt langsam in den Kopf zurück. „Ich weiß nicht, was ich erwartet habe. Es hat mich einfach getroffen, dass meine Kleine einen Freund hat. Und du warst so cool. Ich habe wieder einmal, ohne nachzudenken, gemotzt und dich wieder verletzt. Und dann fordere ich, mir immer wieder zu verzeihen." Sie runzelt die Stirn: „William, Schatz, ich liebe dich. Aber wenn so so reagierst, steht ein fremder Mann vor mir. Und der macht mir Angst."Ich nicke: „Ich weiß, ich stehe dann meist neben mir. Und wenn ich es registriere, ist es meist zu spät, denn dann hat es dich bereits getroffen. Ich liebe dich, Jess und ich ertrage es nicht, dich zu verletzen. Vielleicht solltest du..." „Was? Nein! William tu das nicht- stoße mich nicht wieder weg, um mich zu schützen -bitte!", ihre Stimme ist leise, aber resolut, „Ich liebe dich, und du kannst mich nicht vertreiben." Ich schüttle den Kopf: „Ich will dich nicht vertreiben, du bist das Wichtigste in meinem Leben. Aber du sollst nicht leiden ..." „Schatz, deine Aussage hat geschmerzt, ja, aber eigentlich warst das nicht du. Sondern ein verzweifelter Vater, der Angst um seine Tochter hat", lächelt sie und legt die Hand erneut auf den Bund meiner Boxershorts. Ich kann und will sie nicht mehr abweisen. Dafür liebe ich sie zu sehr. Ich genieße die Hand auf meinem Penis. Ich fahre mir den Händen unter ihr Oberteil und massiere ihre Brüste. Sie stöhnt auf und im Nu sind wir in unserer Leidenschaft gefangen. Ich dringe in sie ein und sie schreit auf, als ich mich in ihr ergieße.

-J-

Dieses Mal war es von meiner Seite aus reiner Verzweiflungssex und er ist darauf eingestiegen. Ich schmiege mich an ihn und er fährt an meiner Narbe entlang. Keiner von uns spricht ein Wort. Ich lege die Hand erneut auf seinen Oberkörper und sehe ihn lächeln. Sanft zieht er mich zu sich und küsst mich stürmisch. Gerade als ich dem Verlangen nachgeben will, klopft es an die Schlafzimmertür. Ich ziehe die Decke über meine Schultern. „JA?" Vorsichtig wird die Tür geöffnet und Vroni steht in der Tür. Ihr Anblick lässt einiges vermuten. „Alles ok, Maus?" Sie schüttelt den Kopf und versucht, krampfhaft die Tränen zurückzuhalten. „Ich möchte nicht, dass ihr meinetwegen streitet. Ich habe mich gerade von Kai getrennt." Ich sehe meinen Mann an, der nur „Nicht dein Ernst Vroni", hervorstößt. „Doch. Wenn der Familienfrieden darunter leidet", Vroni ist sich offenbar sicher. „Maus", Williams Stimme klingt ernst, „die Probleme zwischen Mum und mir haben mit dir oder deiner Beziehung nichts zu tun. Die liegen rein an mir." „Und sind bereits geklärt", lächle ich und ziehe die Decke ein Stück von den Schultern, „und selbst wenn nicht, musst du nicht unglücklich sein. Magst du ihn?" Sie nickt. „Dann ruf ihn an und sag es war ein Irrtum",fordert William. „Was jetzt? Ja-Nein-Ja, der hält mich doch für total kindisch," schluchzt sie nun. William angelt nach seiner Hose, um kurz darauf seine große Tochter in den Arm zu nehmen. „Veronika, wenn er dich mag, wird er es verstehen. Du kannst ihm durchaus erzählen, dass dein Vater manchmal ein Idiot ist", lächelt er. Vroni wischt sich die Tränen aus dem Gesicht und lächelt ebenfalls: „Ich rede morgen mit ihm, jetzt kann ich nicht." „Du schaffst das, meine Große",stimme ich in das Lächeln mit ein. Sie nickt und lässt uns allein. „Ich mache sogar unsere Tochter unglücklich", presst William hervor. „Nicht darüber nachdenken Schatz", fordere ich und beuge mich über ihn.

-W-

Jess schläft nach dem zärtlichen Akt tief und fest in meinem Arm. Ich hingegen liege wach und grüble nun doch. Vorsichtig winde ich mich aus ihrer Umarmung und trete auf den Balkon. Die Zigarette beruhigt etwas, aber ich schüttle den Kopf, als mir meine Tochter einfällt. Sie ist wirklich erwachsen geworden und Jess hat gute Arbeit in der Erziehung geleistet. Ich sollte beide eher unterstützen als ihnen Steine in den Weg zu legen. Ich nehme einen weiteren Zug und sehe im Garten den Bewegungsmelder angehen. Ich trete in den Schatten zurück und sehe Vroni und Kai aus dem Haus laufen. Als kurz darauf im Pavillon die Lampe angeht, muss ich lächeln. Unser Familientherapieplatz wird auch hier gute Dienste leisten. Ich bemerke hinter mir eine Bewegung und halte meine Frau zurück. „Was?", flüstert sie und ich deute auf das junge Paar. Arm in Arm verfolgen wir die Diskussion der beiden jungen Menschen und erst als Kai Vroni küsst, zieht Jess mich zurück ins Schlafzimmer.

Trotzphase

-J-

Puh, noch einmal gutgegangen. Ich ziehe meinen Mann zurück ins Bett und schmiege mich an ihn. Am Morgen erscheint unsere Große müde aber strahlend am Frühstückstisch. „Danke Dad", grinst sie. William stellt sich unwissend: „Wofür?" „Ach Dad, ich habe die Glut deiner Zigarette gesehen.

Also sag mir nicht, du hättest nichts bemerkt." William setzt ein schuldbewusstes Gesicht auf: „Ok, ertappt. Aber ich stand schon länger dort." Ich verkneife mir ein Lächeln, um mich nicht zu outen. Das Frühstück verläuft sehr harmonisch und eine halbe Stunde später sind alle aus dem Haus. Will packt die Zwillinge und bringt sie in den Kindergarten. Knopf will unbedingt mit, aber als ich ihr erzähle, dass sie dort nicht bleiben kann, verschwindet sie lieber mit Raphaela auf den „Fun Park", während ich mich um die Wäsche kümmere. Bei neun Personen fällt eine Menge an. Lächelnd ziehe ich Flos Hose aus dem Stapel. Die ist wohl nicht mehr zu retten, außer ich schneide sie ab. Er ist in den letzten Wochen ziemlich gewachsen, so dass sie ohnehin zu kurz sein dürfte. Ich höre die Eingangstür und da die Maschinen laufen, schlendere ich nach oben. William steht rauchend und telefonierend auf der Terrasse. Ich nähere mich langsam und höre Wortfetzen wie „Zwei Jahre, geht im Homeoffice, ich denke darüber nach." „Gute Neuigkeiten?" „Was? Ich weiß noch nicht. Eine Möglichkeit zumindest", murmelt er um kurz darauf ausweichend hinterherzuschieben: „Wo ist unser Knopf?" „Drüben mit Raphaela, Klara und Aleyna", antworte ich. „Ich bin beim Wäschewaschen. Was gibt es zum Mittagessen? Irgendeine Idee?" Er denkt kurz nach: „Keine Ahnung, aber ich gehe gern einkaufen, wenn es dir hilft." „Das wäre gut. Lass uns eine Liste schreiben", lächle ich und ziehe ihn in die Küche. Die Liste ist nicht allzu lang und er ist nach 20 Minuten wieder da. Ich mache mich ans Kochen und William holt die Zwillinge. Als alle Kinder versammelt sind, stelle ich den Salat, die Nudeln und das Champignongeschnetzelte auf den Tisch. Unsere Kleine will immer häufiger mit der Gabel essen, doch heute greift sie von selbst zum Löffel, um die Soße aufnehmen zu können. Salat verschmäht Victoria vollständig, aber bei Fleisch und Nudeln greift sie kräftig zu. Ihre Geschwister essen ebenfalls ungern gesunde Lebensmittel und seitdem Will nicht mehr aktiv ist, kommt das geliebte Eis häufiger auf den Tisch. Heute versuche ich, die Kids zu etwas Salat im Tausch gegen ein Eis zu überreden. Bis auf Knopf sind alle bereit, ihn zu essen. Sophie findet sogar richtig Geschmack am Salat. Jetzt bin ich gespannt- es war ausgemacht, dass es nur für den ein Eis gibt, der mindestens ein Salatblatt isst. Knopf sieht völlig geschockt, wie ihre Geschwister ihr Eis löffeln, während ihr Platz leer bleibt.

-W-

Wir warten beide auf ihren Ausbruch, doch der kleine Sturkopf will nicht nachgeben. In ihre stahlblauen Augen treten Tränen und ich bin sofort bereit, nachzugeben, doch Jess Blick hindert mich daran. Auch ihr fällt es schwer, hart zu bleiben, doch unsere Kleine muss lernen, dass es Abmachungen gibt. Florian beugt sich zu seiner kleinen Schwester: „Iss ein Blatt, dann gibt es ein Eis." Victoria runzelt die Stirn und klettert vom Stuhl: „Mag eh kein Eis!" Kurz darauf fällt oben ihre Tür ins Schloss. „Das hat sie definitiv von dir" das Lächeln meiner Frau sieht gequält aus, „dieser Sturkopf." „Gut, dass sie wenigstens etwas von mir hat", versuche ich die Situation zu entspannen, „und jetzt?" „Warten wir, bis sie sich beruhigt hat, dann erkläre ich es ihr." Die Zeit vergeht, doch die Tür unseres Nesthäkchens bleibt verschlossen. Ich schleiche mich nach oben und klopfe an ihre Tür, öffne sie leise und finde unseren Knopf schlafend in ihrem Bett, das Gesicht mit Tränenspuren verschmutzt und ihren Bären an sich gepresst. Ich decke sie zu und verlasse das Zimmer. „Sie schläft", erkläre ich meiner Frau, „aber sie hat geweint." Jess lächelt: „Und du bist geschmolzen." „Ja schon, sie sieht aus wie du in klein und dich kann ich auch nicht weinen sehen. Bei ihr fällt es mir schwerer, hart zu bleiben als bei den Großen." „Geht mir ähnlich. Aber wenn sie im Januar in den Kindergarten kommt, kann nicht alles nach ihrem Kopf gehen." „Aber auf die harte Tour?" „Spätestens beim Kuchen ist die Welt wieder in Ordnung. Holst du sie runter bitte." Also wieder nach oben. „Knopf, es gibt Kuchen, kommst du?" Sie hält ihren Bären immer noch fest und schüttelt den Kopf. „Dann muss ich erst den blöden Salat essen." Ich grinse: „Blöd sagt man nicht. Aber der Salat galt nur für das Eis. Wasch dir das Gesicht und komm." Sie verschwindet im Bad und kehrt kurz darauf in ihr Zimmer zurück. „Los geht`s", fordere ich sie auf und heben sie auf meine Schultern. Sie kichert, doch als wir unten ankommen, versteinert sich ihr Gesicht erneut. „Da bist du ja wieder. Lust auf ein Stück Kuchen?", lächelt die Mutter. Skeptisch beäugt die Kleine den Kaffeetisch. „Ohne Salat?", der Schuss ging anscheinend nach hinten los. Doch meine Frau reagiert darauf nicht, sie verteilt den Kuchen auf die Teller und den Kakao in die Becher. Knopf greift nach ihrem Becher, lässt den Kuchen aber liegen. Jess lächelt immer noch: „Da hat wohl jemand keinen Appetit."Knopf schüttelt ihre dunkle Mähne, doch in ihre Augen treten erneut Tränen. Die Mutter zieht sie auf ihren Schoß, während ich den Rest in den Garten schicke und von der Türe aus zuhöre. „Ach Knopf, es war doch nur ein Salatblatt. Du willst doch immer als Große behandelt werden aber große Kinder müssen auch mal was essen, was sie nicht kennen oder mögen. Du weißt doch gar nicht, ob dir Salat schmeckt. Gut, das mit dem Eis war hart für dich, aber es war so ausgemacht. Deine Geschwister haben alle etwas Salat probiert. Was ist jetzt? Ein großes Mädchen, oder ..." Knopf windet sich aus den Armen der Mutter und steht mit ernstem Gesicht vor Jess. Die beiden sind sich so ähnlich, das ist der pure Wahnsinn. Ich trete auf sie zu: „Alles in Ordnung bei euch?" Unsere Kleine stapft in die Küche, schnappt sich eine Gabel, pickst ein Salatblatt auf und stopft es sich in den Mund. Sie kaut mit Todesverachtung und sieht ihre Mutter herausfordernd an. Dieser Sturkopf ist ziemlich ausdauernd. „Schmeckt nicht!", stellt sie fest. „Gut. Aber jetzt weißt du es. Und nun ein Stück Kuchen?" Ich bewundere die Ruhe meiner Frau. Knopf nickt und stürzt sich auf ihr Stück, bevor sie nach draußen zu ihren Geschwistern läuft. Jess atmet tief ein: „War bei den anderen einfacher." „Liebling, du machst das toll.

Unsere Kleine hat so viel von dir, nicht nur ihr Aussehen. Ihre Augen wechseln die Farbe, wenn sie traurig oder wütend ist und sie kann einen ebenso skeptisch ansehen",lächle ich, „sie hat den Salat doch tatsächlich probiert. Jetzt bekommt sie ihr Eis." Doch Knopf, die gerade vorbeiläuft, meint: „Später, das schmeckt jetzt nicht." Aus den Augenwinkeln sehe ich, dass die Augenfarbe meiner Frau wechselt. Als sie zu uns in den Garten tritt, lehnt sie sich an mich. Sie sieht blass und müde aus, doch sie lächelt. Beim Abendessen sieht Knopf erneut skeptisch auf dem Tisch herum, das Salatdrama geht also weiter. Jess hat Gurke und Paprika roh auf den Tisch gestellt und die Großen essen es mit Begeisterung. In einem, scheinbar unbeobachteten Moment holt sich die Kleine eine Scheibe Gurke und es scheint zu schmecken. Nun lächle auch ich. Als wir allein im Wohnzimmer sind, ziehe ich meine Frau in die Arme. „Bist du in Ordnung, Liebling? Du siehst müde aus." „Alles gut. Der kleine Sturkopf hat mich nur etwas gefordert. War bei den anderen einfacher. Wahrscheinlich haben wir unsere Kleine zu sehr verzogen." „Das wird schon. Sie ist in der Trotzphase und sie hat ihren eigenen Kopf. Das Problem ist eher, dass ich ihr nicht lange böse sein kann. Klappt bei den anderen fünf schon schwer, aber Knopf ..." „Ich weiß, was du meinst. Sie sieht einen an und man schmilzt dahin. Da kommt noch einiges auf uns zu." „Das wird schon. Wir haben den Weg ja schon ein paarmal gemeistert", versuche ich, meine Frau aufzumuntern, „und es ist das letzte Mal- oder willst du noch mehr?" „Was? Noch ein Kind? Im Moment-NEIN-aber gegen Trockenübungen habe ich nichts.", lächelt sie, „Willst du noch eines?" Darüber habe ich bis jetzt nicht nachgedacht, erst jetzt kam der Gedanke auf.

-J-

Er sieht mich lachend an. „Nein, ich glaube nicht. Also, wenn du sagen würdest, du möchtest die Familie vergrößern, dann wäre ich eventuell dafür, aber von mir aus nicht. Trockenübungen sind ok- gleich?" „Lass uns gehen, Schatz."Kurz darauf sitze ich auf dem Bettrand und sehe ihm zu, wie er sich aus seiner Kleidung schält. Er kommt näher und umfasst meine Brüste, die sofort reagieren. Ich küsse ihn stürmisch und er fährt mit den Daumen behutsam über meine Knospen. Nach einem sanften Schubs liege ich schwer atmend vor ihm. Seine linke Hand arbeitet sich von meinem Bauch zu meinem Schoß vor. Routiniert findet sein Finger das Ziel und ich bin dem Höhepunkt sehr nahe. Doch so leicht macht er es mir nicht. Er zieht seine Hand zurück und senkt die Lippen auf meinen Bauch. Von da aus arbeitet er sich langsam nach oben. Als ich nach ihm greifen will, hält er meine Hände über meinem Kopf fest und zwingt mich so zur Untätigkeit. Ich winde mich unter ihm und vergehe vor Lust. Doch er ist nicht bereit, mich vom Haken zu lassen. Mit einer schnellen Bewegung dreht er mich auf den Bauch und dringt nun, endlich, von hinten in mich ein. Ich kralle mich in das Laken und komme kurz darauf explosionsartig. Er sinkt auf mich, bevor er sich herumrollt und ich rittlings auf ihm sitze. Er zieht mich auf die richtige Position und greift erneut nach meinen Brüsten. Ich stoße einen spitzen Schrei aus, als er sich ihn mir ergießt. Ich liege neben ihm und er beugt sich erneut über mich und umschließt meine Brust mit seinen Zähnen. Als ich stöhne, hört er sofort damit auf. „Bist du in Ordnung, Liebling?", fragt er besorgt und ich presse ein „mehr" hervor. Er hält mich erneut fest und verwöhnt meine Brüste mit den Zähnen. Als ich ihn mit den Beinen an mich ziehen will, setzt er sich auf mich, sein erigierter Penis liegt dabei auf meinem Bauch. Ich meine, nicht mehr warten zu können, doch es scheint ihm Spaß zu bereiten, immer kurz vor dem Höhepunkt aufzuhören, also gebe ich auf und lasse ihn gewähren. Sein teuflisches Lächeln lässt mich auf einiges hoffen. Er greift hinter sich, führt seine Finger erneut ein und ich schreie auf. Doch noch immer erlöst er mich nicht, er rutscht zwischen meine Beine und saugt an meiner erogenen Zone. Mir entfährt ein „Will" und er kommt endlich zu mir, doch weiterhin sind seine Bewegungen langsam, so dass ich vor ihm komme. Seine Lippen auf meine gepresst, erhöht er das Tempo und kommt schließlich wie ein Orkan über mich.

-W-

„Wow", entfährt es mir, „du Marathonläufer". „Ich? Wohl eher du. So eine Ausdauer, das ist ja Wahnsinn," flüstert Jess und legt die Hand auf meinen Penis, der, trotz des langem Aktes, sofort hart wird. „Was wird das denn Liebling?", stoße ich hervor und versuche, sie zu küssen. Doch sie rutscht nun ihrerseits zwischen meine Beine und nimmt meinen Penis zwischen die Lippen. Nun ist es an mir zu stöhnen. Ich komme schnell und sie lächelt, als sie auf mich sinkt und kurz darauf einschläft. Ich rolle sie von mir und breite die Decke über ihren atemberaubenden Körper. Diese Erfahrung war gigantisch. Ich bin erstaunt, wie lange sie durchhält. Ich steh kurz darauf auf dem Balkon und denke über unsere Kleine nach. Sie ist wirklich eine harte Nuss. Ich muss Maria nächstes Wochenende mal fragen, wie Jess als Kind so war. Jess freut sich schon, bei der Taufe von Bettys Sohn ihre Geschwister wieder zu sehen. Wir fahren am Freitag direkt nach der Schule los und Maria und Rolf erwarten uns bereits mit Kuchen. Währen die Großen sich an die Hausaufgaben machen, toben die drei Kleinen im Garten. Rolf hat zu den Schaukeln, die schon ewig im Garten sind eine Rutsche und einen Sandkasten gebaut. „Acht Enkelkinder hinterlassen Spuren", lächle ich meinen Schwiegervater an. „Tja, du sagst es. Ich bin vorher richtig erschrocken, als Viktoria ins Haus lief,", antwortet er. „Ich weiß, sie ist das kleine Ebenbild von Jess. Nur die Sturheit hat sie angeblich von mir,"grinse ich. Rolf schüttelt den Kopf: „Nicht unbedingt, Jessica hatte in dem Alter auch ihren eigenen Kopf. Wenn Knopf die Sturheit von euch beiden geerbt hat ..." „Dann gnade uns Gott", Jess tritt auf uns zu und erzählt ihrem Vater von dem Salatdrama. Kichernd betrachten wir unsere Kleine, die in diesem Moment auf uns zu läuft und der Mutter ein paar Gänseblümchen entgegen streckt. „Hab dich lieb,

Mama", quiekt sie. „Danke, mein Schatz, komm, lass uns eine Vase suchen." Hand in Handgehen sie in Richtung Haus. „Habt ihr vor, die Familie noch zu erweitern?", ich sehe Rolf entsetzt an. Wo ist mein Schwiegervater geblieben? „Nein, im Moment nicht. Jess könnte eventuell im nächsten Schuljahr in die Schule zurückkehren wollen. Und sechs sind genug", stöhne ich. „Dann wird es wohl bei acht Enkelkindern bleiben", lächelt Rolf. Ich greife zu einer Zigarette und reiche ihm ebenso eine. So sehen wir den Kindern, zu denen sich nun auch die Jungs gesellen, weiter beim Spielen zu. Jess und Maria bereiten das Abendessen vor und unterhalten sich angeregt. Rolf und ich sind ebenfalls ins Gespräch vertieft, bis Knopf und Sophie über eine Schaukel in Streit geraten. Bis jetzt haben die Älteren immer nachgegeben, doch seit Kurzem nehmen sie weniger Rücksicht. Armer Knopf - die muss in dieser Woche einiges schlucken. „Viktoria, Sophie war zuerst", schalte ich mich ein, „du musst jetzt mal warten." Knopf sieht mich fassungslos an, sie runzelt die Stirn, dreht ab und läuft in die Küche.

-J-

Knopf seht weinend vor mir. „Was ist denn passiert?" „Will schaukeln",presst sie hervor. „Dann mach doch", lächle ich. „Darf nicht, sagt Papa!" Ich runzle die Stirn. „Warum darfst du nicht?" „Weiß nicht!" „Knopf, Papa sagt das nicht einfach so. Also was ist passiert?"Ich sehe meine kleine Tochter an, die schnieft und meint dann leise: „Sophie darf, Knopf nicht!" Jetzt wird mir einiges klar: „Sophie war zuerst, oder? Und Papa hat gemeint, du musst warten." Jetzt nickt sie. „Aber ich will sofort schaukeln." Ich nehme sie auf den Arm. „Ach meine Kleine. Groß-werden ist ganz schön anstrengend oder? Und ein großes Mädchen muss auch einmal warten oder teilen können." „Dann will ich kein großes Mädchen sein", die Tränen laufen nun in Strömen. „Doch, Viktoria, das muss sein. Du wirst immer die Kleine blei-ben, aber es wird Zeit, dass du lernst zu teilen oder nachzugeben. Du bist doch eigentlich ein vernünftiges Mädchen." Sie kämpft sich aus meiner Umarmung. „Alles doof!", ruft sie aus und läuft davon. Ich bleibe in der Küche sitzen und schüttle den Kopf. „Was ist denn mit Knopf", fragt Mum, die gerade zurückkommt, „sie kam mir gerade weinend entgegen. „Sie wird groß und kämpft nun mit den Konsequenzen. Die Geschwister geben nicht mehr ständig nach. Und auch William und ich versuchen, sie als große zu behandeln. Aber das alles ist schwer für sie." „Und für dich?", Mum kennt mich zu gut. „Ja, für mich auch. Es tut mir weh, sie so zu sehen. Bei den anderen Kindern war es einfacher, da immer Kleinere sie zu großen Geschwistern gemacht haben. Nur bei Knopf kommt nichts. Sie lernt es auf die harte Tour", stöhne ich. „Aber sie lernt es", lächelt Mum. „Ist mit Knopf alles in Ordnung?", kommt von der Tür her. William kommt in die Küche und sein Blick ist genauso verzweifelt, wie ich mich fühle. „Sie leidet und sie will nicht mehr groß werden,"murmle ich. Sein Lachen entspannt mich.

-W-

„Ich gehe sie suchen", grinse ich. Ich finde unsere Kleine schließlich in dem Zimmer, das sie sich mit Raphaela teilt, wo sie auf dem Boden sitzt und den Bären vor sich hält. Ihr Lockenkopf verdeckt ihr Gesicht, so dass sie mich nicht wahrnimmt. „Große Kinder müssen lernen, zu teilen, und das machst du nicht", wirft sie ihrem Bären vor, „Du bist kein Baby mehr." „Knopf, alles in Ordnung?" Auf meine Frage erschrickt sie und sieht mich mit großen Augen an. „Du bist böse auf Knopf", flüstert sie, „oder nicht?" „Eigentlich nicht. Aber du bist böse auf Mama und mich, vermute ich", ich lächle sie an. Sie denkt intensiv nach, bevor sie den Kopf schüttelt. „Nein, aber ..." „Aber? Viktoria, wir haben dich lieb. Aber du bist nun fast drei Jahre alt und du willst in den Kindergarten gehen. Meinst du nicht, dass du da auch teilen musst? Und da sind es keine Geschwister oder Eltern. Es ist schwer, ich weiß. Aber wir alle helfen dir. Du schaffst das sicher, wenn du es willst." Ich setze mich vor ihr auf den Boden und sehe sie an. Sie streicht sich ihre Mähne aus dem Gesicht und das Babyhafte ist daraus verschwunden. „Aber bitte bleib für uns noch ein bisschen unsere Kleine." „Aber ich esse keinen Salat!", beschließt sie. „Du solltest mit Mama reden Schatz und dich bei Sophie entschuldigen."Knopf nimmt die, ihr dargebotene Hand, und wir gehen nach unten, wo Jess und die Kinder ins Gespräch vertieft sind. Viktoria klettert auf den Schoß der Mutter und schmiegt sich an sie. „Nicht traurig sein, ich bin ein großes Mädchen", flüstert sie. Jess wirft einen Blick auf mich, formt ein stummes „Ich liebe dich" und drückt Knopf an sich. Die ist aber noch nicht fertig: „Tschuldigung Sophie."Sophie grinst ihre kleine Schwester an: „Schon gut, aber du musst in Zukunft trotzdem warten." Beide Töchter sehen ihre Mutter an, die lächelt: „Das ist auch richtig so, Sophie und wir bekommen das alles hin- gemeinsam. Und du Knopf, darfst ruhig noch ein bisschen unsere Kleine bleiben." Maria ruft zum Abendessen und wir versammeln uns um den neuen, großen Esstisch. Rolf hat in seine vergrößerte Familie richtig investiert, der Garten, der Tisch und auch die ehemaligen Kinderzimmer sind neu ausgestattet.

Die Taufe

-J-

Das Abendessen verläuft sehr harmonisch und die Kinder verschwinden kurz darauf in ihren Zimmern. Ich statte Vroni einen Besuch ab. „Sag mal, Maus", lächle ich, „hast du ein Kleid eingepackt?" „Mum", sie klingt empört, „wofür hältst du mich?" „Für meine Große", füge ich schnell hinzu, „aber du hast den Koffer allein gepackt und ein Kleid ist im Moment nicht dein Kleidungsstil. Ist ja auch in Ordnung, aber destroyed Jeans in der Kirche, wären nicht so passend. Vroni lacht auf: „Wäre einen Versuch wert. Die entsetzten Blicke von Opa und den Verwandten wären Gold wert." „Untersteh dich, Veronika Mona Karl", ich schließe mich ihrem Lächeln an, „Schlaf gut. Stell den Wecker bitte auf 8:00 Uhr." „Mach ich. Gute Nacht Mum." An der Tür drehe ich mich noch einmal um und sehe meine Tochter in ihr Buch vertieft. Grinsend kehre ich zu meinen Eltern und meinem Mann zurück. Dad und William stehen mit Zigarette und Weißbier im Wohnzimmer und Mum betritt mit mir den Raum. „Sag mal, Maria, wie war Jess eigentlich mit drei Jahren?" „Will!", ich sehe ihn entrüstet an. Mum hingegen fängt an zu kichern: „Sieh dir deine jüngste Tochter an. Derselbe Dickkopf wie Knopf, vom Aussehen ganz zu schweigen." Ich drehe verlegen mein Weinglas in der Hand. „Und Salat mochtest du auch nicht", fügt Mum hinzu. William verschluckt sich beinahe an seinem Weißbier. „Dann haben wir ja noch Chancen", prustet er. Mum greift in den Schrank und holt das alte Fotoalbum heraus. „Oh nein, Mum", stöhne ich. Doch sie lässt sich nicht davon abhalten und öffnet das Album. Wir anderen halten die Luft an, Knopf scheint uns aus dem Bild direkt anzusehen. „Wow", flüstert William, „ich wusste, dass sie dir ähnlich sieht, aber so ..." Er legt den Arm um mich und ich lehne mich an ihn. Dabei betrachte ich meinen Vater, der das Album nun in die Hand nimmt. William zieht das Fotobuch aus der Tasche und schlägt die Seite mit dem Foto von unserer Kleinen auf. Sie legen die Fotos nebeneinander und es scheint wirklich dasselbe Kind zu sein. Nur Knopfs Haare sind länger, aber sie lässt keinen an ihren Lockenkopf.

-W-

Ich ziehe Jess in meine Arme und wir verschwinden in unserem Zimmer. Ich sehe meine Frau liebevoll an. „Ich stelle mir gerade vor, wie Knopf in 15 Jahren den Männern den Kopf verdreht." „Hoffentlich hat sie dann so viel Glück wie ich", flüstert sie und küsst mich stürmisch, während sie mein Hemd aufknöpft. Ich lache auf und überlasse ihr die Führung. Um 7:45 Uhr läutet der Wecker und ich verschwinde unter der Dusche. Raphaela und Jess wecken die Kids und schicken sie im Schlafanzug zum Frühstück. Danach wird es hektisch. Die Kinder sind, bis auf Knopf, groß genug sich selbst anzuziehen. Raphaela übernimmt die Kleine und die Frisur von Sophie und Jess verschwindet ebenfalls schnell unter der Dusche. Als sie aus dem Bad tritt, lächle ich. Sie trägt ein dunkelblaues, figurbetontes Etuikleid und schlüpft in die passenden Pumps. Erst jetzt bemerke ich ihre halterlosen Strümpfe. Wir treffen im Wohnzimmer auf den Rest. Die drei Jungs tragen weiße Hemden und dunkelblaue Hosen, Sophie ein buntes Sommerkleid, die hüftlangen Haare kunstvoll zum französischen Doppelzopf geflochten und Knopf das gleiche Kleid und Schleife im Haar. Als Vroni in den Raum kommt, lächelt Jess. Unsere Große hat sich für ein weißes Top und einen schwarzen Bleistiftrock entschieden. Der Weg zur Kirche ist kurz und wird zu Fuß zurückgelegt. Ben und Bettina stehen mit Bens Eltern und seinem Bruder bereits vor der Kirche. Jess umarmt ihre Schwester stürmisch und betrachtet fasziniert ihren Neffen Lucas, bevor sie ihr Patenkind Marie in den Arm nimmt. Knopf beobachtet die Szene skeptisch. Sie kennt ihre Cousine zwar, aber sie mag es nicht, wenn jemand außerhalb der Familie ihrer Mutter zu nah kommt. „Wo ist Susan?", frage ich Rolf. „Keine Ahnung. Sven hat Urlaub gebucht. Ich mische mich da nicht mehr ein", murmelt er. Die Feier findet gleich neben der Kirche statt. Raphaela kümmert sich darum, dass die vornehme Garderobe der Kids gegen bequeme Kleidung ausgetauscht wird. Die Schleife von Knopf fliegt hinterher, als die Kinder auf dem Spielgelände verschwinden. Unser Kindermädchen beaufsichtigt die Bande, dafür hat sie nächste Woche Urlaub. Es ist eine sehr entspannte Feier. Ich entferne mich kurz, um eine zu rauchen- verdammt, es werden zu viele- und Ben folgt mir. „Glückwunsch nochmal", lächle ich. „Danke, jetzt sind wir komplett", grinst er zurück, „Und bei euch?" „Gott bewahre. Im Moment zumindest nicht," murmle ich. „Was ist eigentlich mit Susan uns Sven?" „Die sind in Amerika. Gestern geflogen. Ich glaube, das sind zu viele Kinder für Sven. Bis jetzt konnte er Susan noch davon abhalten, ein Kind zu wollen. Die Frage ist nur, wie lange macht sie das noch mit", Ben klingt leicht verbittert, „Sie tut mir leid, aber wir haben beschlossen, uns nicht mehr einzumischen."Ich nicke: „Das habe ich heute schon mal gehört. Ist aber wahrscheinlich besser so. Jess hatte sich gefreut, Susan wieder zu sehen. Sie kennt Knopf nur von der Taufe. Schade eigentlich." „Was ist schade?", höre ich meine Frau. „Dass Susan im Urlaub ist", meine ich ehrlich. „Na ja, wenn das wichtiger ist", kommt von ihr, „Was soll`s. Der Kuchen ist serviert und ich wollte die Kinder holen." „Ich geh schon", Vroni läuft los. „Wow, die ist richtig groß geworden", stellt mein Schwager fest, „Eine junge Dame." „Mmh und einen jungen Mann gibt es auch dazu", grinse ich. Die Kinderschar kommt geschlossen zurück und wir stellen mit Begeisterung fest, dass Knopf im Gegensatz zu Marie, die 1/2 Jahr älter ist, nur einen halben Kopf kleiner ist. Das Abendessen findet im engsten Familienkreis statt. Morgen will mir Ben ihr neues Haus zeigen, dass noch vor Weihnachten bezugsfertig sein soll. Knopf klettert danach auf meinen Schoß und schläft ein. Ich lächle und bringe die Kleine ins Bett, die Zwillinge folgen kurz darauf.

-J-

Ich helfe Mum beim Aufräumen und grüble dabei über meine große Schwester nach. Was ist nur los mit ihr? Mum hat erzählt, dass sie sich völlig isoliert. Alles sehr seltsam. Kurz darauf können wir den Abend bei einem Glas Wein ausklingen lassen. „William hat gemeint, du würdest überlegen, im Januar wieder arbeiten zu gehen", meint Dad plötzlich. „Bitte?", ich sehe meinen Mann entsetzt an, „davon war doch bis jetzt keine Rede."„Ups, Fettnapf", murmelt Dad und Mum zieht ihn aus dem Zimmer. „Was soll das? Wie kannst du so etwas behaupten? Selbst wenn ich wieder arbeiten gehen sollte, würde ich das gern selber bestimmen", meine Stimme überschlägt sich, „Das ist nicht deine Entscheidung WILL." Er sieht mich an: „So habe ich das auch nicht gesagt.-Rolf hat mich gefragt, ob wir weitere Kinder planen, und ich habe gemeint, dass keine geplant sind und dass du eventuell in deinen Beruf zurückkehren möchtest."

„Mach dir lieber Gedanken, was du machen wirst", der Satz ist unfair, „bevor du über mein Leben bestimmst."

Abstinenz

-W-

Na super! Nun ist meine Frau wütend auf mich. Ihre Augen sind nahezu grau. „Ich würde dir nie etwas vorschreiben, Liebling. Egal, wie du dich entscheidest, ich trage diese Entscheidung mit. Sieh mich nicht so an, es ist doch nichts passiert." Ich gehe einen Schritt auf sie zu, doch wie erwartet, weicht sie zurück. „Vergiss es Will- ich bin wütend auf dich." Ich angle nach einer Zigarette und wende mich ab: Wenn du bereit bist, dich vernünftig zu unterhalten, weißt du, wo du mich findest, Jessica."ich trete auf die Terrasse, lehne mich an die Hausmauer und atme tief ein. „William, es tut mir leid", höre ich Rolf. „Kein Problem. Wahrscheinlich war das alles etwas viel. Jetzt ist sie auf Streit aus, doch ich will nicht streiten. Nicht deswegen", murmle ich. Rolf lächelt mich an: „Du wirst sehen, sie beruhigt sich bald wieder." Wir bleiben stehen und rauchen, dabei werfe ich einen Blick auf meine Frau. Sie sitzt auf dem Sofa und dreht ihren Ring. Warum reagiert sie so? Und wie bekomme ich sie dazu, normal mit mir zu reden? „Soll ich mit ihr reden?", höre ich Maria. Ich versuche ein Lächeln und schüttle den Kopf. „Wärt ihr so nett, mich allein zu lassen?", stoße ich hervor und sehe den Schwiegereltern nach. Ich greife zum Handy und tippe eine sms. Kurz darauf kommt eine zurück. „Montag, 9:30 Uhr passt." Gut, ein Schritt ist gemacht. Ich hätte das schon viel früher machen sollen. Ich sehe erneut zu meiner Frau, die in diesem Moment ebenfalls in meine Richtung sieht. Ich muss den Blick abwenden und greife nach einer weiteren Zigarette. Das wäre dann Nummer vier. Ich schüttle den Kopf. Ich hasse es, dass unsere Streits immer aus dem Nichts entstehen. Sie weiß, wie sehr ich sie liebe. Gedankenverloren schlendere ich zu den Schaukeln und meine Gedanken schweifen sechs Jahre zurück. Ich merke, wie der Kloß im Hals größer wird.

-J-

Er hat seinen Platz verlassen und ich schlucke die aufkommenden Tränen hinunter. Was war das denn, Jessica Julia Karl? Warum suchst du Streit? Ich mache mich auf die Suche nach meinem Ehemann. Ich sehe sein Feuerzeug aufflammen und folge der Flamme. „Darf ich?", frage ich leise und sehe ihn nicken. Ich setze mich auf die zweite Schaukel. „William, es tut mir leid. Ich weiß nicht, was das war, ich ...", na toll, meine Stimme lässt mich wieder einmal im Stich. Er sieht in meine Richtung, sein Kiefermuskel arbeitet. „Heißt das, man kann wieder normal mit dir reden?" Da von mir nichts kommt, spricht er leise weiter: „Ich habe am Montag einen Termin, der meine Zukunft regeln wird. So viel zum Thema - eigene Pläne. Ob du in die Schule zurückkehren wirst, ist deine Sache. Ich stehe hinter dir, egal wie du dich entscheidest. Liebling- was willst du?" „Ich weiß es nicht. Ich bin über fünf Jahre raus und im Moment zieht es mich nicht in die Schule. Wir werden es sehen. Sagst du mir, was du vorhast? Bitte", obwohl ich mich bemühe, bleibt es beim Flüstern. „Erstmal den Trainerschein machen und dann eventuell Sportmanagement studieren",murmelt er, „wenn das für dich in Ordnung ist." „Was? Wieso für mich?"Er zuckt mit den Schultern. „Wir sind verheiratet." „Ja schon, aber ..." „Schon klar." „William bitte. Ich weiß, dass ich den Zwist vom Zaun gebrochen habe, aber du sagst, es ist dir egal, ob ich in die Schule zurückkehre, aber ich soll dir mein ok geben?"Sein Kiefermuskel zuckt immer noch, aber er sieht mich zumindest an. Ich hole tief Luft: „Was ist los mit mir? Ich habe dich auf eine Stufe mit Sven gestellt, der Susan vorschreibt, was sie zu tun und lassen hat. Ich weiß, dass du so nicht bist. Und trotzdem habe ich es getan. William ..." „Ich weiß es nicht Liebling. Ich habe das Gefühl, es wird dir alles zu viel. Knopf, die Sache mir Susan und ein Ehemann, der sich wie ein Elefant im Porzellanladen benimmt. Lass uns einfach die zeit zurückdrehen und uns in aller Ruhe vernünftig unterhalten. Du weißt, wie sehr ich dich liebe." Ich erhebe mich und als er die Hand ausstreckt, sinke ich auf seinen

Schoß. Die aufgestauten Tränen laufen nun ungehemmt.

-W-

Oh nein, keine Tränen. Da ist sie mir wütend lieber. Aber sie reagiert sehr seltsam. Ich halte sie fest und fange langsam an zu schaukeln. „Hör auf, Schatz. Bevor die Schaukel nachgibt", kichert sie unter Tränen. Ich stoppe sofort und sehe sie eine Weile an: „Liebling, bist du sicher, dass es dir gut geht. Du reagierst total ...". „Ja, ich weiß, ich werde mich am Montag von Max unter- suchen lassen. Vielleicht findet er heraus, warum mich das alles so stresst",murmelt sie. „Versteh mich jetzt bitte nicht wieder falsch, Liebling, aber schwanger sein kannst du nicht, oder doch?" Wenn es das wäre, wäre es die einfachste Erklärung. Sie sieht kurz entsetzt an und überlegt: Nein, ich hatte meine Tage erst und ich verhüte ja auch. Das kann es zu 99% nicht sein. Ich bin nur müde-" „Vielleicht sollten wir eine Sexpause einlegen- ich schlafe die nächsten Tage im Gästezimmer, dann kannst du ruhig schlafen. Deal?" Wow, Will, ich hoffe, du hältst das durch. Ich küsse sie zärtlich, bevor ich sie loslasse. Sie schüttelt den Kopf. „Wenn du das willst." „Liebling, von wollen kann keine Rede sein. Aber du musst zu Kräften kommen. Vielleicht eine Woche?" Wen willst du damit überzeugen, Will. „Gut, wenn Max nichts findet, dann versuchen wir es. Aber erst ab Montag." „Was? Liebling?" „Ach Schatz. Du kannst doch nicht eine Woche Abstinenz fordern ohne Abschieds- vorstellung.", kichert sie. „Du willst also eine Abschiedsvorstellung? Fit genug für wild und animalisch?", so gefällt mir meine Frau schon viel besser. „Und lang", kommt von ihr noch. Kaum schließt sich die Zimmertür, flie- gen unsere Kleidungsstücke davon. Stür- misch küssend fallen wir auf das Bett und ich senke mich über ihre Brüste. Durch das Seidenteil fühlt sich die Stelle kühl an, als ich meine Lippen um ihre Knospen lege und daran sauge, während ich mir mit den Fin- gern einen Weg bahne und ihre empfind- same Stelle heize. Sie windet sich unter mir und ich spüre, den aufkommenden Orgas- mus. Sofort ziehe ich meine Hand zurück und warte ein paar Sekunden, bis die Erregung weniger wird. Erst dann lege ich die Lippen auf ihren Bauch und ziehe eine Spur bis zu ihren Brüsten, die ich nach aller Kunst verwöhne. Jess krallt sich in das Laken und ich lächle sie an. Ich werfe sie auf den Bauch und ziehe ihren Unterkörper ein Stück nach oben, so dass ich leicht in sie eindringen kann. Während ich das Tempo verschärfe, greife ich unter ihr durch und ziehe an ihren Brüsten. Jessica regiert mit einem leisen Schrei, als sich der nächste Orgasmus ankündigt. „Du willst doch nicht schon kommen, oder?", sporne ich sie an, „Hast du nicht lange gefordert?" Sie schüttelt den Kopf und hält den Orgasmus zurück. Ich entferne mich ein Stück aus ihr und helfe ihr, sich umzudrehen. Sie versucht, nach meiner Erregung zu greifen, doch meine Torwartreflexe sind immer noch da, so dass ich ihre Hände festhalten kann. „Nein mein Schatz, du wirst dich mir völlig ausliefern- oder wird es dir zu viel?" „Nein, William, dieser Körper gehört dir, mach mit ihm, was du willst." „Das ist gefährlich Liebling. Du musst mir sagen, wenn es zu heftig wird." Sie nickt und lässt zu, dass ich ihr Top als Fessel für die Hände benutze. Ich setze mich auf sie und lege meinen Penis zwischen ihre Brüste, die ich weiter bearbeite. Sie beißt sich auf die Lippe, lässt sich aber darauf ein. Ich rutsche langsam nach unten und finde ihren G-Punkt mit der Zunge. Ich sauge daran und merke, wie feucht sie wird. Wenn sie von dem Allen etwas haben soll, braucht es einen Orgasmus. „Lass los, Liebling", flüstere ich und führe meine Finger ein. Sie kommt sofort und atmet schwer. „Genug?" Sie schüttelt erneut den Kopf. Ich lächle und küsse sie stürmisch. Ich denke kurz nach, umfasse dann ihren Po und ziehe sie auf mich, endlich findet mein Geschlecht sein Ziel. Langsam bewege ich mich in ihr und merke, dass sie bald wieder bereit ist. Doch erneut ziehe ich mich zurück und löse ihre Fesseln. Sie greift nun nach meinem Penis und dirigiert ihn zurück. Unsere Bewegungen werden schneller und wir kommen zeitgleich zum Orgasmus. Ich streiche ihr die Haarsträhne aus dem Gesicht. „Soll ich weitermachen?" Obwohl ich selber ziemlich fertig bin, soll sie die Intensität und Länge bestimmen. Sie liegt neben mir und bewegt ihr Becken nur ein wenig. Doch das ist genug Antwort. Also nehme ich ihre linke Brust vorsichtig zwischen die Lippen und sauge daran. Als ich sanft zubeiße, ist sie sofort wieder bereit und legt sich auf den Bauch, so dass ich von hinten in sie eindringen kann. Ich spüre, wie ich sie ausfülle und drehe uns zur Seite, so dass wir hintereinanderliegen. Ich ziehe ihr Becken näher heran und greife unter ihr hindurch, um ihre Brüste weiter zu verwöhnen. Ich erhöhe das Tempo und Jess schreit erneut auf. Ich nehme die Hände von ihren Brüsten und lege die Decke über sie, ohne mich jedoch aus ihr zu entfernen. Meine unersättliche Frau scheint fertig zu sein und doch spüre ich, dass sie mich festhält und wie ich erneut hart werde. Sanft bewege ich mich und warte auf eine Reaktion. „William?" „Mmh". „Schaffst du es noch einmal?" „Na sag mal, du bekommst wohl gar nicht genug." Ich löse mich nun doch von ihr und drehe sie um. „Dabei will ich dich aber sehen", flüstere ich und dringe in sie ein. Wir kommen schnell und meine Frau schläft kurz darauf ein. Ich hingegen grüble über das Geschehene nach. Ich muss sie definitiv mehr unterstützen. Andererseits hoffe ich, dass nichts Schlimmeres hinter ihrer Abgeschlagenheit und Sensibilität steckt. Ich schlafe schließlich ein und träume von einem großen weißen Raum und einem verzweifelten Max. Mein eigener Schrei weckt leider nicht nur mich, sondern auch meine Frau. „Was ist passiert, Schatz?" „Nur schlecht geträumt", murmle ich und nehme sie in die Arme.

-J-

Am Montag fährt William vormittags zu seinem Termin und begleitet mich dann zu Max. Der untersucht mich auf Herz und Nieren und kann schließlich Entwarnung geben. „Du solltest dir etwas Zeit für dich nehmen. Vitamin D und Eisen sollten genügen. Und auf ausreichend Schlaf achten",meint er lächelnd. Ich nicke und versuche, das Ziehen im Unterleib zu ignorieren. Wenn Max wüsste, was die Aussage für mich bedeutet. Williams Kuss ist sanft, bevor er mich ins Schlafzimmer schiebt und die Tür schließt. Ich liege im Ehebett und drehe mich von einer Seite zur anderen. Schließlich schlüpfe ich aus dem Bett und schleiche ins Gästezimmer. Mein Mann liegt ebenfalls wach im Bett und lächelt. Ich komme langsam näher und er lupft die Decke ein Stück. „Liebling, kannst du nicht schlafen?" „Nein, ich fühle mich so einsam." „Na dann, muss ich wohl wieder ins Schlafzimmer ziehen", lächelt er und wir verschwinden beide in unserem Reich. Dort nimmt er mich in seine Arme und ich schlafe sofort ein.

-W-

Sie schläft, aber ich bin hellwach. Ich spüre, wie mein Körper auf sie reagiert, und atme das Verlangen vorsichtig weg. Die Woche halten wir durch und obwohl Raphaela im Urlaub ist, sieht Jess erholt aus. Am Samstag ist es dann soweit, wir können das neue Poolhaus einweihen, sobald Martin vom Spieltag zurück ist. Meine Frau ist vor einiger Zeit nach oben verschwunden und nachdem ich die Kinder zum Umziehen in ihre Zimmer geschickt habe, mache ich mich auf die Suche nach ihr. Ich öffne die Tür und lächle. „Darf ich mitspielen, Liebling?" Sie erschrickt und zieht die Hand aus ihrer erogenen Zone. „Ich seh dir auch gerne zu, aber ....."Sie schüttelt den Kopf. „Wenn du willst, bist du herzlich eingeladen", grinst sie. Während ich darauf einsteige, frage ich sie: „Warum sagst du nichts?" Sie errötet: „Ich wusste nicht, ob die Zeit der Askese schon vorbei ist", flüstert sie kaum hörbar und windet sich aus meiner Umarmung. „Ach Liebling, ich wäre jederzeit für dich da gewesen, wenn du etwas gesagt hättest. Ich wollte nur, dass du etwas Ruhe findest. Aber darunter solltest du nicht leiden. Für mich war die Woche auch nicht einfach. Dich zu spüren, aber dich nicht lieben zu können, war die Hölle. Und jetzt befriedigst du dich selbst. Lass mich dich lieben, hier und jetzt",während meines Monologs dreht sie sich lächelnd um. „Dieser Körper gehört dir." Sie räkelt sich aufreizend im Bett, so dass ich nicht viel Zeit mit einem Vorspiel vergeude, sondern schnell und hart in sie eindringe. Sie sieht mich strahlend an. „Heute Abend lassen wir uns mehr Zeit, wenn du willst," necke ich sie und küsse sie auf die Nasenspitze. „Jederzeit, allein macht es keinen Spaß." Ich sinke neben sie und greife nach dem Stück Stoff am Ende des Bettes. „Das willst du anziehen? So aufreizend? Für eine Poolparty?" „Ich dachte ..." „Ich reize meinen Mann den Eisblock", grinse ich, „ Mir wäre es lieber, da wäre etwas mehr Stoff. Dein Körper gehört mir." „Gut, dann den Badeanzug." Als sie aus dem Bad kommt, trägt sie einen Einteiler, der nur unwesentlich mehr verdeckt, als der Bikini. Ich schüttle amüsiert den Kopf und trete unter die kalte Dusche. Die Teile sind definitiv neu und zeigen deutlich, wie sehr sie das Zusammensein vermisst hat. Ich schlüpfe nun ebenfalls in meine Badehose und gemeinsam mit den Kindern schlendern wir durch den Tunnel zum Poolhaus. Wir haben für die Kleinen einen Kinderpool einbauen lassen. Und der große Pool ist in verschiedene Tiefen eingebaut. Flo und Sophie können inzwischen sicher schwimmen und unser Knopf ist eine richtige Wasserratte, der wir über kurz oder lang das Schwimmen beibringen müssen.

-J-

Ich sehe meinen Mann an, der mich weiterhin ungeniert mustert. Der Einkauf hat sich ausgezahlt und der Bikini verfehlt seine Wirkung sicher auch nicht. Es ist mir immer noch peinlich, dass er mich ertappt hat. Ich wäre gerne so eisern wie er ... Er hat seine Aversion gegen Wasser abgelegt und tobt mit den Kindern im Pool, während Sylvia, Aleyna, Knopf und ich im Kinderpool planschen. Bea scheint etwas zu bedrücken. „Bist du ok, Bea?" Sie nickt. „Ja, schon, ich bin nur - schwanger. Wir fangen nach neun Jahren wieder von vorne an. Und von Hochzeit wieder keine Rede." Sylvia und ich kichern: „Du kannst von uns die Babyausstattungen haben, wir sind fertig." „So wie Will dich ansieht, wäre ich mir da nicht so sicher", schließt sich Bea dem Gelächter an. Ich erröte: „Na ja, es muss ja nicht immer zu einer Schwangerschaft führen. Aber sechs

Kinder sind definitiv genug." In diesem Moment sieht mein Mann in meine Richtung und ich kann seine Gedanken fast greifen. Raphaela und Karla übernehmen die Kleinen, und wir tauchen im großen Becken ab. Alex kommt auf mich zugeschwommen. „Das ist so cool hier. Machen wir das jetzt jeden Tag?" „Vielleicht nicht jeden Tag. Aber öfters. Aber nur, wenn Dad, Raphaela oder ich dabei sind. Oder einer der anderen Erwachsenen. Versprochen?" „Klar", kommt noch und Alex schwimmt zu seinem Bruder. Ich spüre Williams Arme um meiner Taille. „Was grübelst du, Liebling", raunt er. „Später", kommt von mir zurück. Er küsst mich in den Nacken, bevor mich eine Salve Wasser trifft. Ich pruste und räche mich sofort. Er taucht ab und zieht mich unter Wasser, wo er mich stürmisch küsst. Als ich atemlos wieder auftauche, sehe ich in feixende Gesichter und stimme ins Lachen mit ein.

-W-

Die Stimmung ist phantastisch und als ich Kai- Robin durch das Fenster sehe, winke ich ihn herein. Als er Vroni küsst, breitet sich ein seltsames Gefühl in mir aus. Meine kleine Tochter und ein junger Mann. Zu ihrem anstehenden Geburtstag wünscht sie sich eine Poolparty und wir Eltern haben bereits zugestimmt. Kurz darauf beenden wir den Ausflug und kehren ins Haus zurück, wo die Kinder und Jess unter der Dusche verschwinden. Während ich im Bad verschwinde, kümmert sich Jess um das Abendessen. Knopf schläft schon fast am Tisch ein, und auch die anderen Kinder verschwinden schnell in ihren Zimmern. Jess räumt den Geschirrspüler ein und ich öffne eine Flasche Wein. Sie wollte mir noch etwas sagen. Ob es mit Beas Schwangerschaft zu tun hat? Will sie doch noch eines? Als sie zu mir tritt, drücke ich ihr das Glas in die Hand und frage nach: „Du wolltest mir noch etwas sagen. Geht es um Bea?" Sie sieht mich fragend an: „Jein, eher darum, dass Martin sie immer noch nicht heiratet. Sie ist frustriert und nun ist sie auch noch schwanger."

„Liebling, das geht uns nichts an. Wenn Martin sie heiraten will, wird er es tun. Und bis jetzt waren sie doch auch ohne Trauschein glücklich", meine ich. „Das ist typisch Mann", stöhnt sie, „nur nicht verändern." „Wie? Ich habe dich geheiratet". Ich runzle die Stirn, „und Martin wird es auch tun, wenn er es will. Sie leben jetzt zwölf Jahre zusammen." „Tolle Begründung, Schatz. Ich weiß nur, dass Bea gerne heiraten würde." Ich lege den Arm um sie und als sie sich gegen mich lehnt, grinse ich. „Ich frage mal diskret nach. Ach ja, ich habe vorher eine Mail bekommen, füge ich leise hinzu. Der Trainerlehrgang beginnt am Montag. Ahmet und ich sind dann bis Samstag morgen weg. Ist das ok für dich?" „Klar doch. Das passiert jetzt wahrscheinlich häufiger." Ich lege den Arm um sie. „Den genauen Plan bekommen wir dort. Als Torwarttrainer brauche ich ja keinen A- Schein."

-J-

„Den solltest du aber machen, wenn du schon dabei bist", ich sehe ihn an, „warum willst du Abstriche machen? Wir bekommen das schon hin." „Wir werden sehen", meint er leise, „vielleicht bin ich als Trainer nicht geeignet." Ich grinse. Mein Mann und Selbstzweifel- was ganz Seltenes. „Dann kannst du immer noch Bundestrainer werden", pruste ich und stecke ihn damit an. „Wir werden sehen. Es wird sich alles geben." Er nimmt mich an der Hand und zieht mich zum Tunnel, der unser Haus, genau wie die beiden Anderen mit dem Poolhaus verbindet. „Was hast du vor?" „Den Pool richtig einweihen. Außer du willst nicht." Ich spüre das vertraute Ziehen, als er mir den Bikini reicht. Kurz darauf tauche ich in den Pool ein. Er greift nach mir und ich entferne mich so schnell wie möglich, doch nicht schnell genug, denn er erwischt meine Schleife und im Nu stehe ich oben ohne im Pool. Seine Augen blitzen schelmisch, als er nach meinen Brüsten greift. Es dauert nicht lange und die störenden Kleidungsstücke verlassen den Pool. Er küsst mich stürmisch und seine Hand findet sein Ziel, bevor er in mich eindringt und wir zu einem kurzen, heftigen Höhepunkt kommen. „Das hast du nun von deinen heißen Badeklamotten", flüstert er, „darauf habe ich den ganzen Nachmittag gewartet." Ich löse mich von ihm und schwimme ein Stück davon, doch wieder ist er schneller und zieht mich unter Wasser, wo er mich stürmisch küsst. Völlig atemlos tauchen wir beide wieder auf und ich sehe in sein breites Grinsen. „Alles gut, Liebling?" Ich nicke und versuche weiterhin, zu Atem zu kommen. Er lässt mich los und taucht ab. Ich lehne mich an die Poolwand und sehe ihm zu. Mein Puls beruhigt sich etwas, doch er scheint noch etwas vorzuhaben. Er umfasst meine Brüste und massiert sie zärtlich. „Mein Gott, Will", stöhne ich auf, „was machst du mit mir?" „Was? Ich mit dir? Eher du mit mir. Du machst mich verrückt Liebling."

-W-

Bevor wir unserer Leidenschaft nachgeben können, hören wir: „Wir sind wohl nicht die Einzigen, die den Pool einweihen wollen."

Jess löst sich sofort von mir und wir sehen Sylvia und Ahmet am Poolrand stehen. Er reicht mir meine Hose und das Unterteil des Bikinis und ich hole schnell das Oberteil. Jess lächelt, als wir zwei aus dem Pool steigen. „Viel Spaß?", grinse ich den Freund an und wir verlassen das Poolhaus. „Wie peinlich", stößt Jess hervor. Ich verstärke den Druck um ihre Hüfte: „Warum? Was meinst du, was die beiden vorhaben?" Sie ist tatsächlich verlegen, wie süß. Im Bett frage ich noch einmal nach: „Alles gut, Liebling?" „Mmh. Ich fand es eine gute Idee von dir. Aber peinlich war es doch." „Liebling, Sex unter Liebenden ist niemals peinlich. Auch dein Exkurs heute Mittag ist nicht peinlich. Es hat mich zwar erstaunt, aber ..." Sie unterbricht mich sofort: „Können wir das nicht vergessen, bitte? Es war nur das eine Mal." „Jessica, es ist nichts passiert, was dir peinlich sein sollte. Warum hast du damit ein Problem? Ich dachte, du hättest Spaß am Sex?" „Nur am Sex mit dir", ihre Stimme ist leise, „aber erwischt zu werden. Es hätten ja auch die Kinder sein können."Ich lache rau auf: „Die schlafen tief und fest und ins Pool-haus kommen nur wir drei Familien. Aber wenn du willst, werde ich den Sex auf „nor-male" Orte beschränken." Ich lege ihr die Hand unter das Kinn und zwinge sie mich anzusehen. Sie weicht meinem Blick aus, also greife ich fester zu: „Liebling?" „Will bitte ich ..." „Jess, ich dachte, es macht dir Spaß, etwas Anrüchiges zu tun. Sagst du mir bitte das nächste Mal, wenn ich etwas von dir verlange, was du nicht willst", lächle ich. Sie sieht mich lächelnd an: „Es ist aber nicht so, dass ich es nicht will. Nur ertappt werden ..." „Einverstanden. Wir passen besser auf."

-J-

Er macht sich tatsächlich Sorgen. Aber ich weiß nicht, ob es mich wirklich so sehr gestört hat. Es hat Spaß gemacht. Ich rede es mir schlecht, weil ich mit der Situation überfordert war. Er sieht mich weiterhin fra-gend an. Ich versuche ein Lächeln. „Wäre das nicht etwas langweilig, Schatz. Solange uns die Kinder nicht ertappen, können wir durchaus überall Sex haben." „Mein Fräulein

Nimmersatt", grinst Will, „immer und überall? Sanft und wild?" „Mach dich nicht lustig über mich", mosere ich halbherzig, „daran bist nur du schuld. Du hast mich zu einem Sexmonster gemacht." Sein kehliges Lachen entspannt mich vollends. „Monsterchen", prustet er, „zum Monster fehlt noch etwas." „Na warte." Ich setze mich auf ihn und nehme seinen Penis in die Hand. Viel braucht es nicht und er ist bereit. So sinke ich auf ihn und nehme in auf. Wir kommen zu einem explosionsartigen Höhepunkt. William zieht mich in seine Arme und lächelt mich an. „Und du sagst, ich wäre schuld", seine Stimme ist leise. „Sex mit dir ist atemberaubend."

Aufbauarbeiten

-J-

Am Montagmorgen fahren Ahmet und Will zum ersten Lehrgangsteil. Ich bereite das Mittagessen zu, während Raphaela die Zwillinge und Knopf vom Kindergarten holt. Beim Essen fällt mir auf, dass Leon ungewohnt still ist. Er verschwindet wortlos in seinem Zimmer. Ich folge ihm kurz darauf und entdecke ihn an seinem Schreibtisch. „Alles in Ordnung, Großer?", frage ich ihn leise. Er erschrickt und versucht, schnell ein Blatt unter seinem Chaos verschwinden zu lassen. „Leon?" Er sieht mich kurz an, bevor er mir das Blatt in die Hand drückt. Ich sehe genau hin. „Eine Vier? In Mathe?", mein Blick wird skeptisch. Er nickt und sieht sehr verzweifelt aus. „Jetzt kann ich das Gymi wohl vergessen", presst er hervor, „und ihr seid sicher enttäuscht." „Du kannst uns nicht enttäuschen; Schatz. Es ist nur eine Vier, die bügelst du wieder aus. Und selbst wenn es nicht für das Gymnasium reicht, haben wir dich nicht weniger lieb." Ich nehme den Zehnjährigen in den Arm. „Es erstaunt mich nur etwas. Sollen wir sie zusammen durchgehen?" Er nickt und ich lege das Blatt vor ihn. Eigentlich kann er das Einmaleins im Schlaf aber kurz darauf wird mir klar, dass es am Übertrag liegt. „Warum schreibst du den Übertrag nicht dazu? Dann vergisst du ihn nicht." „Weil Frau Knie sagt, wir dürfen ihn nicht hinschreiben", murmelt er. „Seit wann das denn?" Ich greife nach dem Mathebuch und suche die Erklärseite. „Siehst du, die schreiben ihn auch in. Versuch es mal." Schnell ist die Probe verbessert und ich merke, wie viel Spaß mir das Unterrichten macht. Vielleicht kehre ich doch irgendwann in die Schule zurück. Wir werden sehen. „Und am Freitag noch die blöde Satzgliederprobe", stöhnt mein Sohn. „Bin gleich wieder da." Ich verschwinde kurz in meinem Arbeitszimmer und greife nach dem Ordner, in dem sich die Probenkopien finden. Dort ziehe ich die von Vroni heraus und übe mir dieser Probe. „Morgen können wir noch mit einer von mir üben, wenn du willst." Die Woche vergeht mit üben und als Leon mir am Freitag erzählt, dass die Probe nahezu identisch mit der von Vroni war, lächle ich. Manche Dinge ändern sich nie. William ruft jeden Abend an und seine anfängliche Euphorie lässt nach. Ich lächle, wenn er sich beschwert. Er verzweifelt genauso schnell wie Leon. Also am Wochenende, nicht nur den Sohn, sondern auch den Vater aufbauen.

-W-

Irgendwie haben Ahmet und ich uns das spaßiger vorgestellt. Ich bin das Lernen einfach nicht mehr gewohnt. Ob ich das durchziehe, bezweifle ich. Kurz bevor wir am Samstag nach Hause fahren, hält mir einer der Teilnehmer eine Zeitschrift unter die Nase. „Sag mal, Will, das ist doch deine Frau, oder?" Was will er? Aber instinktiv greife ich nach dem Blatt und lese „Die neue Liebe der Jessica Karl- Ehe nun doch am Ende?" Selbst während der Fahrt lässt das Gefühl nicht nach. Ich stelle die Schlagzeile nicht in Frage, da mir die kurzen Telefonate an den letzten Tagen einfallen. Als wir schließlich in unsere Einfahrt einbiegen, steht ihr Auto vor der Garage. Wie soll ich ihr nun gegenübertreten? Soll ich warten, bis sie etwas sagt. Ich verabschiede mich von Ahmet und habe es nicht eilig, ins Haus zu kommen, doch die Kinder haben das Auto gehört und kommen mir entgegen. Jess steht mit dem Wäschekorb an der Treppe. „Schon da? Bin gleich fertig." Als sie schließlich ins Wohnzimmer kommt, habe ich mich soweit in meine Phantasien hineingesteigert, dass ich ihrem Kuss ausweiche. Sie schüttelt kurz den Kopf und wendet sich Sophie zu, die mit einer Zeichnung hereinläuft. Erst als wir allein sind, fragt sie nach: Also gut. Kannst du mir sagen, was mit dir los ist?"„Können würde ich schon, aber wollen nicht. Ich will überhaupt nicht mit dir reden, Jessica Karl." Jessica versteift sich kurz: „Schade, ich habe mich so auf heute gefreut, aber ganz wie du willst. Ich werde mich zumindest nicht anschweigen lassen. Ich übernachte in der Wohnung." „Ok." Sie verlässt das Haus und ich spüre etwas anderes als Wut. Du solltest mit ihr reden, um deine Ehe kämpfen. Oder hast du sie schon aufgegeben. Ist es zu spät? Doch mein Egoismus hält mich zurück. Ich bin nicht schuld an dem Zustand.

-J-

Was war das denn? Was ist nur los mit ihm? Ich sitze auf dem Bett und die Verzweiflung überkommt mich. Ich fege die Nachttischlampe, ein Geschenk meiner Eltern vom Tisch. Sie zerbirst in 1000 Teile und als ich, nach einer schlaflosen Nacht die Scherben aufsammele, durchfährt mich ein scharfer Schmerz. Ich ziehe die Scherbe aus meiner Handfläche und mache mich auf den Weg in die Notaufnahme. Während ich warte, kommt eine sms von Raphaela „William ist gefahren". „Bin gleich da", schreibe ich zurück. Die Hand wird mit fünf Stichen genäht und ausgestattet mit einem Verband kehre ich nach Hause zurück. Vroni erwartet mich mit ernstem, blassen Gesicht. „Ist es wahr?", stößt sie heraus. „Was?" Sie hält mir eine Zeitschrift unter die Nase und ich verstehe plötzlich Williams Laune. Ich blättere zum Artikel und muss mich zusammennehmen, um nicht laut aufzulachen. „Was glaubst du?", frage ich meine Tochter. „Ich glaube nicht, aber ..." „Aber Dad glaubt es", helfe ich ihr. „Und da ich heute Nacht nicht da war, glaubst du, es könnte etwas dran sein."Da keine Antwort kommt, rede ich weiter. „Maus, es ist nichts Wahres dran. Dad, ihr und ich wir gehören doch zusammen. Ich könnte deinen Vater nicht betrügen." Als Raphaela auf uns zu kommt, sehe ich in ihrem Gesicht die gleiche Frage. „Noahs Vater und ich, wir sind zusammen im Elternbeirat und sind zuständig für den Schullandheimaufenthalt. Lukas und ich kennen uns seit der ersten Klasse der Jungs und wir hatten Spaß beim Planen. Das ich für die Schundpresse immer noch interessant bin, habe ich nicht gedacht." Unser Kindermädchen lächelt: „Ich habe es keine Sekunde geglaubt, aber William ... Was haben sie mit ihrer Hand gemacht?" „Geschnitten. Halb so wild. Vielen Dank für die Nachricht." Raphaela bedeutet Vroni, uns allein zu lassen. „William hat gemeint, ich sollte ihnen schreiben. Vielleicht hätten sie wenigstens noch Interesse an den Kindern, wenn nicht an ihm." „Idiot!", murmle ich, „jetzt heißt es kämpfen. Hat er den Ausbildungsplan dagelassen?" „Nein, er hat nur gesagt, dass er in Hamburg ist und am Donnerstag wieder kommt." „Ich frage Sylvia, bin gleich wieder da." Meine Freundin weiß anscheinend bereits Bescheid, glaubt aber dem Artikel auch nicht. „Was hast du vor, Jess?", fragt sie und ich muss leider zugeben, dass ich keine Ahnung habe. „Ich weiß es nicht. Einerseits bin ich stinkesauer, dass er mir so etwas zutraut, andererseits habe ich Angst, dass ich ihn nicht erreiche und er mir nicht zuhört, je mehr Zeit vergeht." „Warum fliegst du nicht nach Hamburg und redest dort mit ihm? Deine Schwiegereltern helfen dir sicher. Und du würdest keine Zeit verschwenden. Wir kümmern uns um die Kinder. Du könntest heute noch starten." Meine Freundin kann ziemlich überzeugend sein, also rufe ich Raphaela an, um sie zu bitten, mir einen kleinen Koffer zu packen. Während ich meine Schwiegereltern ins Bild setze, bucht Sylvia einen Flug und bringt mich zum Flughafen.

-W-

Meine Laune ist im Keller und ich verspüre eine gewisse Wut auf mich selbst. Während des Fluges versucht Ahmet mich davon zu überzeugen, dass Jess mich nie betrügen würde. „Dachte ich auch, aber die Bilder sprechen eine andere Sprache." „Du sperrst sie ein- wenn das für dich schon Betrug ist", mein Freund klingt ziemlich angefressen und er hat recht. „Vielleicht sollte ich das alles bleiben lassen und nach Hause fahren. Meine Ehe ist wichtiger." „Und dann? Du glaubst doch nicht im Ernst, dass Jess es mit einem einfachen „Entschuldigung" abtut. Da musst du dir schon etwas einfallen lassen, mein Freund. Lass uns die freie Zeit nutzen, um uns etwas zu überlegen." Schweren Herzens stimme ich Ahmet zu, doch als Mathias erneut von meiner Ehekrise anfängt, komme ich erneut ins Wanken. „Halt die Klappe, Mathias", springt Ahmet ein, „Kehr lieber vor deiner eigenen Tür. Deine Frau ist doch schon vor einem ½ Jahr ausgezogen." Also mit Elan in den Lehrgang.

Kämpfe!

-J-

Mein Schwiegervater holt mich vom Flughafen ab und schließt mich wortlos in die Arme. Erst als wir den Weg zum HSV

Gelände einschlagen, wage ich es, meine Verzweiflung zu teilen. „Ach Liebes, du kennst William besser als jeder Andere und du hast keine Ahnung, warum er so reagiert?" „Nein", presse ich hervor, „ich wusste ja nicht mal, dass er mir vorwirft, ihn zu betrügen. Er hat nur gesagt, er wolle nicht mir reden." „Warum hast du das Haus sofort verlassen?", jetzt trifft Achim den wunden Punkt. „Das frage ich mich auch. Ich habe nur die absolute Gleichgültigkeit in seinen Augen gesehen und wollte mir keine Blöße geben. Wenn ich gewusst hätte, was er mir vorwirft, wäre ich geblieben." Wir biegen in den Lehrgangstrakt ein und ich sehe meinen Mann mit Ahmet rauchend am Treppenabsatz stehen. „Bereit?" Ich nicke und greife nach der Tür. „Ich warte auf dich. Du schaffst das. Viel Glück Liebes."

-W-

Ahmet verstummt mitten im Gespräch und ich sehe ihn fragend an. „Will - bau jetzt keinen Scheiß", zischt er mir zu und kurz darauf höre ich ein leises, mir wohl bekanntes „William". Ich zucke zusammen und drehe mich langsam um. Vor mir steht meine Frau, die Arme hinter dem Rücken verschränkt und nach Worte ringend. Ich nehme einen weiteren Zug und atme tief ein, bevor ich ein „Was willst du denn hier?", herausbringe. Jessicas Stimme wird noch leiser, so dass ich einen Schritt auf sie zugehen muss, um sie zu verstehen. „Mit dir reden, du Idiot." „Idiot trifft es genau", Ahmet habe ich völlig vergessen. Ich sehe ihn an und er lässt uns, nachdem er einen Blick auf Jess geworfen hat und die nickt, allein. „Du glaubst also wirklich, ich würde dich betrügen?" „Ich weiß es nicht. Nein- eigentlich nicht, aber meine Beziehungen haben noch nie so lange gehalten." „Dann suchst du einen Weg aus unserer Ehe?" Oh Gott, das läuft ziemlich schief. Jess Augen sind grau und sie klingt jetzt ziemlich wütend. „Wenn dem so ist, dann sag es. Oder rede mit mir." Mein Kiefernmuskel fängt an zu arbeiten. „Ich will nicht aus der Ehe. Die Bilder wirkten so vertraut ...", mir fehlen weiterhin die Worte. Ich war nicht darauf gefasst, ihr heute gegenüberzutreten. „William, wir kennen Lukas, seit Leon in der Schule ist. Klar, dass wir vertraut wirken. Seit wann gibst du etwas auf die Klatschpresse. Du hast zu mir mal gesagt, man sollte nichts darauf geben und nun stellst du alles in Frage! Ich habe auch ein Leben außerhalb unserer Ehe, auch wenn dir das nicht gefällt. Wir haben nur die Fahrt ins Schullandheim geplant. Ich werde nicht jedes Mal ein schlechtes Gewissen haben, wenn ich mich außerhalb der Familie wohlfühle." OH Gott- Will- Ahmet hat recht. ICH SPERRE SIE EIN!

-J-

Ich sehe, wie ihn ein Erkenntnisblitz trifft. Sein Blick wird weicher, obwohl er die Hand noch zur Faust geballt hat. „Ich will dich nicht einsperren, Jess", murmelt er, „einige Teilnehmer des Lehrgangs haben mir die Zeitschrift vorgelegt und sich köstlich amüsiert. Das hat mich wütend gemacht- und ich hatte Angst, dass etwas dran sein könnte. Und ich bin hunderte von Kilometern weg. Ich hätte mit dir reden sollen." „Allerdings", mehr schaffe ich nicht, doch noch ist es nicht vorbei. „Will, ich liebe dich und ich liebe mein Leben. Doch das alles funktioniert nur mit dir und den Kindern. Dass du so schnell aufgibst, hat mich erschreckt." Ich ziehe die Hand hinter meinem Rücken hervor und verstecke sie gleich wieder. Doch die Millisekunde genügt, um den Verband zu bemerken. „Was ist passiert?" , fragt er atemlos. „Geschnitten- nicht der Rede wert. Und es ist jetzt nicht das Thema. Du musst entscheiden, wie es weitergehen soll- ganz oder gar nicht." „Ganz, wenn du es auch willst. Ich arbeite an mir versprochen." „Du warst schon besser, William. Ich fliege am Dienstagmorgen zurück. Vielleicht schaffst du es morgen, an deinem freien Nachmittag mich davon zu überzeugen, dass ich dir noch eine Chance geben kann." „Ich komme zu meinen Eltern, Jess", murmelt er und ich mache mich auf dem Weg zum Auto. Achim steht rauchend an sein Auto gelehnt und fragt nur: „Und?" „Noch nicht ganz, aber jetzt ist er am Zug", grinse ich. Mona erwartet uns mit dem Abendessen und derselben Hoffnung. „Er ist dran", lächle ich, „er kommt morgen Nachmittag her." Dank meiner Schwiegereltern wird es ein entspannter Abend und als ich Raphaela eine sms schicke, blinkt eine andere auf „Ich liebe dich, dein Idiot." Am Morgen fährt mich Mona zum Verbandswechsel zu ihrem Hausarzt. Auf dem Rückweg meint sie: „Mach es ihm bloß nicht zu leicht. Sondern ändert sich nie etwas." „Genau das ist mein Problem. Ich kann ihm nie lange böse sein", antworte ich, „und wenn er mich berührt ..." Mona nickt: „Das haben sie von ihrem Vater. Und den Sturkopf auch. Aber ich bin froh, dass er dich hat. Du erdest ihn."

-W-

Ich freue mich auf den Nachmittag, auch wenn ich nicht weiß, wie ich das alles wieder gutmachen soll. Ahmet und ich haben noch lange diskutiert und Pläne geschmiedet, aber ich habe das Gefühl, es wird Jess nicht gerecht- Blumen- ein Schmuckstück- Sex? Gut mit Sex würde ich sie wahrscheinlich rumkriegen, aber das wäre unfair. Als ich schließlich ins Taxi steige, bin ich ziemlich nervös. Ich fühle mich, wie damals in der Disco, wo ich ihr meine Liebe gestand. Je näher ich meinem Elternhaus komme, desto unruhiger werde ich. Dad erwartet mich an der Tür: „ Verbock es nicht, mein Sohn. So eine Schwiegertochter bekomme ich nie wieder." Mit einem Lächeln betreten wir das Haus und ich bemerke, dass mich meine Frau ebenfalls mit einem Lächeln empfängt. Nach dem Kaffee verschwinden meine Eltern und wir sind allein. Nun zählt es William Karl, und ich fange, ohne groß nachzudenken, an zu reden: „ Liebling, ich will unsere Ehe zurück, ohne wenn und und aber. Ich kann dir nicht versprechen, dass ich dich nie wieder einsperre, denn dazu liebe ich dich zu sehr. Ich teile dich nur mit der Familie, mit anderen ungern. Denn das heißt, dass sie Zeit mit dir verbringen können und ich nicht. Ich bin ziemlich eifersüchtig und besitzergreifend. Und das hier macht auch keinen Spaß. Schon vorher nicht, aber seit meinem Ausbruch erst recht nicht."

-J-

William eifersüchtig? So habe ich das noch nie gesehen. Er ist wohl doch nur ein Mensch. Er sollte sich meiner Liebe eigentlich sicher sein. „Was erwartest du von mir?", stoße ich hervor, „soll ich jeden Mann meiden, auf den du eifersüchtig werden könntest?" „Nein!", lacht er auf, „ solange du mich liebst, versuche ich damit klar zu kommen". „Wow. Da hast du dir viel vorgenommen", pruste ich, „denn ich habe nicht vor in den „goldenen Käfig" zurückzukehren. Aber ich liebe dich mehr als alles andere, auch wenn du manchmal ein ziemlicher Idiot bist." Ich strecke ihm meine gesunde Hand entgegen und er zieht mich ruckartig an sich. Sein Kuss ist vorsichtig und sanft. „Womit habe ich dich nur verdient?", lächelt er und ich grinse ihn an: „Keine Ahnung. Denk darüber nach." „Kann ich nicht, da ich im Moment lieber etwas anderes tun würde", murmelt er.

-W-

„Nein William",kommt von ihr sofort, „ich kann nicht mit dir schlafen. Noch nicht."

„Alles gut, Liebling, wir haben ein ganzes Leben lang Zeit",beruhige ich sie schnell, „Aber nun sag schon, was ist mit deiner Hand passiert?" Nun grinst sie: „Ich habe die Nachttischlampe an die Wand geworfen und beim Aufsammeln der Scherben, hat sich eine in meine Hand verirrt. Es wurde mit fünf Stichen genäht. Ist aber nicht weiter schlimm. Nur eine weitere, sichtbare Narbe." „Autsch. Für die neue, unsichtbare Narbe entschuldige ich mich", ich habe den Wink durchaus verstanden. „Das nennt man Leben, Schatz", meint sie. „Was hältst du davon, wenn ich dich am Donnerstag zum Essen einlade?", lächle ich. „Gern. Ich freue mich darauf. Und vielleicht ..." „Mal sehen, Liebling. Nun muss ich Dad suchen und ihn fragen, ob er mich zurückfährt. Ahmet und ich müssen noch eine Sequenz ausarbeiten. Ist das für dich ok?" „Klar, wir sehen uns am Donnerstag."

-J-

Als Achim zurückkommt, nimmt er mich stürmisch in die Arme. „Toll gemacht, Liebes." Ich bin peinlich berührt. „Das war nichts

Besonderes, ich liebe ihn." Mona stimmt mit ihn: „Doch Jessica, wir sind froh, dass er dich hat. Dadurch, dass er schon relativ früh den Weg zum Fußballprofi eingeschlagen hat, war er immer etwas Besonderes. Und das hat er irgendwann verinnerlicht. Als er Steffi kennengelernt hat, dachten wir, es wäre ein Weg in die richtige Richtung, doch wir haben uns getäuscht. Er ist der Familie regelrecht davongelaufen und hat sich Pamela zugewandt, die nur auf sich und den Status, den ihr der Fußballprofi angedeihen ließ, aus war. Doch dann kamst du. Eine junge, selbstbewusste, selbständige Frau, die es bis heute wagt, ihm Paroli zu bieten. Unter dir hat er sich verändert. Ich hätte nie gedacht, dass William mich zur sechsfachen Großmutter machen würde. Du tust ihm gut." Mein Lächeln wirkt verlegen. „Wir ergänzen uns gut", antworte ich. Am Morgen fliege ich zurück und werde von den Kindern schon erwartet. Leon hat in Deutsch eine eins geschrieben und auch so verliefen die letzten Tage sehr erfolgreich. Und dass sich die Eltern wieder vertragen, trägt sicher auch zur guten Laune bei. Als William am Donnerstag durch die Tür tritt, fliegen ihm die kleinen Mädchen entgegen. „Fährst du bald wieder weg?", will Sophie wissen und der stolze Vater schüttelt den Kopf. „Erst in acht Wochen wieder, und dann sind wir in München." Er sieht in meine Richtung und lächelt mich an. Ich erwidere das Lächeln und stelle das Mittagessen auf den Tisch. Den Nachmittag verbringen wir als Familie bei einem Spiel und kurz vor 18.00 Uhr verschwinde ich im Schlafzimmer und werfe mich in heiße Dessous und mein Minikleid. Williams Blick schweift anerkennend über meine Figur und ich verlasse schnell das Schlafzimmer. Nach dem phänomenalen Menü kehren wir in unseren Bereich zurück und William sieht mich vorsichtig an. Ich nicke und er greift nach meinem Kleid. Schwer atmend stehe ich in Dessous vor ihm und lasse zu, dass er meine Brüste streichelt. William lächelt und schickt seine Hand meinen Bauch entlang. Ich ziehe ihn in Richtung Bett und wir lassen der angestauten Leidenschaft freien Lauf. Als er neben mich sinkt, sieht er mich lächelnd an: „Und nun, Liebling? Leben?" „Leben."